思露花语

巴特尔 著

内蒙古人民出版社

图书在版编目(CIP)数据

思露花语 / 巴特尔著. -- 呼和浩特：内蒙古人民出版社, 2017.10

ISBN 978-7-204-15063-2

Ⅰ. ①思… Ⅱ. ①巴… Ⅲ. ①散文集-中国-当代 Ⅳ. ①I267.

中国版本图书馆 CIP 数据核字(2017)第 268700 号

思露花语

作　　者	巴特尔
责任编辑	王世喜
封面设计	刘那日苏
责任校对	李向东
责任印刷	王丽燕
出版发行	内蒙古人民出版社
地　　址	呼和浩特市新城区中山东路 8 号波士名人国际 B 座 5 楼
印　　刷	内蒙古爱信达教育印务有限责任公司
开　　本	787×1092　1/32
印　　张	7
字　　数	150 千
版　　次	2017 年 12 月第一版
印　　次	2017 年 12 月第 1 次印刷
印　　数	1-3000 册
标准书号	ISBN 978-7-204—15063-2
定　　价	28.00 元

如发现印装质量问题，请与我社联系。

联系电话：(0471)3946230

网址：http://www.nmgrmcbs.com

目　录

短语写作中的“细微派”

——序作家巴特尔短语新著《思露花语》

■ 张阿泉

著名作家巴特尔先生的短语集《思露花语》即将付梓，我不清楚这已是他的第几本短语集，但我知道这是我第四次应邀为他的短语集写序了。能接连为同一位我尊重的前辈作家四次写序，真可谓“序缘”不浅，我格外珍惜巴特尔先生对我的这份持续的信任，同时我也觉得仍然有一些新的话要说(尽管在前三个序中已经说了不少话)。巴氏短语写作是一种“生长型写作”，常写常变，随着岁月的清新而愈加清新，也随着岁月的深邃而日益深邃，作为读者的我们也要随时变换着“阅读姿态”。

掌上这一卷《思露花语》，仍由报载专栏积累结帙。“思考的道路上落英缤纷”，书题意境已把这些短语的来由交代出来,“孤独散步”的巴特尔先生就是那位卢梭式的“采菊拾叶者”。而我觉得巴特尔先生更像溪边河边的“垂钓者”,他守着一弯活水,专门以钓小鱼取乐,书中这数百条活蹦乱跳的“思想小鱼”不是一网打上来的,而是一条又一条花耐心钓上来的,这是一个打捞过程更是一个博弈过程(与不容易钓住的“小鱼”博弈,也与随时随地的惰性博弈)。

为什么人生经验丰赡的巴特尔先生频繁用短语写作或者说惯于用短语凸显思想?这是我在阅读短语新著《思露花语》时考虑最多的一个问题(纵观笔耕勤勉的巴特尔先生的一大摞著述,短语著作占据了其中至少半壁江山,“短语表达”已成为他最主打的一种创作品种)。考虑这个问题,已不能简单用“短的是美好的”一类标签思维去衡量,而要从更深一层去剖析。我以为,除了巴特尔先生偏爱短语、擅长短语外,更要紧的原因是其思辨、趣味和审美都最适合不过用这种散漫自由的短语浓缩提炼、精准击发,他是“飞刀手”而非“长枪将”。以《思露花语》为例,这一大捆短语照例涉及自然、人生、心灵、修养、道德、哲理、精神等人类社会的方方面面(这些题材以前作者也曾在不同的短语集中反复透视过),但每次写到都仿佛是“初写”,这既体现了生活的复杂也体现了作者的敏悟;这一本由碎片化字条组成的集子,不是巴特尔先生主体创作之外的“边角料”,而是大浪淘沙之后的“碎珍珠”(用流行语汇形容就是“干货”,《思露花语》就是“干货集锦”)。

哲思与短语似乎一向是“近亲”。虽然论证谨严、著作枯奥的正统哲学家总是占多数,但也不乏一些诗人哲学家敢于打破常规、抛弃体系,直接采用断句、短札、手记、随感录形式,零散、舒展地呈现自己的思想,最典型的莫过于尼采、马可·奥勒留、维特根斯坦,卢梭、叔本华也都喜欢使用短札体(虽然不是主要写作方式)。巴特尔先生不事哲学研究,但他的思维明显受到过前面提到的这些哲学家的熏陶与启迪;他的巴氏短语不似哲学家笔下的那种“深呼吸”,而是更偏于像民谚、格言、俗语一路的浅白晓畅,从普通寻常的物事着眼入手,总能找到新角度、攫住新意绪,貌似闲逸实则沉重,貌似简淡实则苦涩,多侧面、多维度地触摸、玩味人生的诸种境遇和万千况味,句句都有通达摇曳的参悟与机锋。能写出这般“老中药罐子”般的药香文字，靠的是漫长醇厚的人世历练与洞察；而欲读懂这些文字，同样需要有许多入世的积淀乃至做人的苦痛才行。

作为巴特尔先生的最新短语结集，《思露花语》并未简单复制以往的写作模式，而是奉献了一堆新采摘的“思维智果”，境界更开阔，文思更绵密，观察体验也更细微。可以说，巴特尔先生是短语写作中的“细微派”，心细如发，明察秋毫，惯于在幽微处探险、发力，做到了“一枝一叶总关情”、“半片花上说人情”，譬如“自然”一辑中的“比海风更遥远，比幻梦更真实，征帆就是彼岸”“人生”一辑中的“生命的尊严，不在别人口是心非的敬畏里，而是在心口如一的自尊里”“心灵”一辑中的“眼里看得多了，有时会头昏眼花，所以需要闭目养神；心里想得多了，有时会心烦意乱，所以需要清心寡欲”“修养”一辑中的“不可忽视他人，更不该无视自己；可以挑战别人，更应该超越自我”“道德”一辑中的“君子和小人的截然不同：君子救人以急，小人乘人之危；君子以德报怨，小人恩将仇报”“哲理”一辑中的“太爱面子，有时适得其反，会更没面子；

太顾情面，有时物极必反，会不讲情面”“精神”一辑中的“理想有大有小，但绝不是越大越好；目标有远有近，但绝不是越远越好”……这些俨然“相见无杂言，但道桑麻长”一类的家常话，把一些耳熟能详的老道理阐发得耳目一新，把极容易模糊的细节进行放大处理，令人豁然顿悟乃至超然物外。

同样喜欢“随感体”短语写作的哲学家周国平先生曾比喻说“思想恰如风中的纸屑，其中有一些落在了幸运的手上，大部分都随风飘散了”，想来巴特尔先生的《思露花语》正是这样的“纸屑篓子”，并且这本书本身也是一片“关于纸屑的纸屑”，也容易“随风飘散”，落到谁手谁都是幸运的。如果你有幸读到，一定要耐心把它细细品读和久久回味。

是为小序，权作替读者“导路”的一块路标。

2017年9月5日，初稿于成都，

9月15日至19日，改定于呼和浩特。

自然意象

阳光所以灿烂
因为不锈
故诗情浓
月色所以朦胧
因为不蚀
故画境美

阳光所以灿烂，因为不锈，故诗情浓；
月色所以朦胧，因为不蚀，故画境美。

日月欣赏彼此的美：
一个总是赤裸裸的，所以磊落光明；
一个总是羞答答的，所以神秘朦胧。

三光日月星，
四时春夏秋冬，
时光用交替和轮回诠释和演绎永恒。

群星似候鸟在天空筑巢——
月从来没觉得孤独，夜从来没感到寂寞。

夕阳是晚晴，一觉醒来依然是旭日；
晚霞是夕阳，一觉醒来依然是朝晖。

地上山水，再高再远，依然美丽诱人；
胸中山水，再虚再幻，永远奇妙无穷。

山也美，水也美，山水相依的画境才更加美丽；

花是诗，果是诗，春华秋实的诗意才更有韵味。

青山绿水，山水相依。

故不独山借秀色于水，水亦借美景于山。

源远流长，是水的生命。

其水到渠成，是水生命的执着；

其水滴穿石，是水生命的顽强。

不与牡丹比富贵，

不与玫瑰争艳丽，

向日葵唯一的快慰是每天用微笑向光明致意。

采菊东篱下，悠然见南山。

在陶渊明笔下，菊有禅意，山是禅境，采过见过之后，终得禅悟。

谁说雪域高原没有风情，那终年不化的座座雪峰，正是朝拜者心中的圣景。

大雪纷飞，漫步其中，让人领悟；

碧绿的不再碧绿，
鲜红的不再鲜红，
金黄的不再金黄，
纯洁的却更加纯洁。

风景只属于欣赏它的人，
风光则属于懂得赞赏它的人。

四季轮回，让智者得悟：
无论明暗和冷暖，
还是深浅和浓淡，
以至荣枯和兴衰，
无一不是道法自然。

景随时迁，各宜其美；
碧柳宜风，青萍宜露，红叶宜霜，苍松宜雪。

雨，是夏天的雪；
雪，是冬天的雨；
雨和雪，是四季的云。

白云缭绕，为阳光四季增色；长虹飞架，为蓝天雨后添彩。

雨解风的情，风懂雨的意；风雨交集时，处处诗情画意。

狂风可以把树连根拔起，而面对柔弱的小草却无可奈何。

是风不再温柔，叶才一天天发黄，并在萧瑟秋声中最后零落成泥。

秋使叶变枯，冬使枝变瘦，繁茂却留在根的梦里。

一日三秋，是诗人的诗情；
一叶知秋，是哲人的哲思；
春华秋实，是天道的天酬。

春天是在冬天的怀中孕育，尽管冬天曾经严酷；

光明是从重重黑暗中走出，尽管黑暗曾经强大。

在春花里守望春，是春的不舍；
在秋实里回望秋，是秋的眷恋。

大雪纷飞，是天地间的一幅巨画，
它把丑的变美，把美的变新，把新的变奇！

漫山枫林，满怀浓情，而只有被秋风点然后，才会成为绚染的风景。

飞雪迎春，梅开二度——
妒者说是孤高恃傲，
慕者说是独领风骚。

梅开二度时，梅是多情的诗人；
雪压青松时，松是智慧的哲人。

季节的花，次第开放；
时令的叶，先后凋零。

大自然的约定提醒人类：
该珍爱的要适时珍爱，
该珍藏的要及时珍藏。

一朵花绽放，是一个美丽的梦醒着；
一片叶闪光，是一个温暖的梦醒着；
一枚果成熟，是一个甜蜜的梦醒着。

花性人性以花养性，性是品性；
石性人性以石悟性，性是灵性。

生生不息，是草木给人类的启示。

有诗为证：离离原上草，一岁一枯荣，野火烧不尽，春风吹又生。

有一种美丽的绽放，因孤芳不自赏更显高尚；

有一种幽远的芬芳，因暗香不独享而更受崇尚。

花，可以一枝独秀，但孤芳只能自赏；
树，独木难以成林，故再粗再壮也难以防风。

满园春色的景象，
亮则亮矣，但少了时而山重水复的神秘；
一览无余的风景，
美则美矣，但少了些许柳暗花明的惊喜。

满园春色，清香弥漫是桃李花开；
漫山春光，暗香浮动是空谷幽兰。

不与牡丹比富贵，
不与玫瑰争艳丽，
向阳花唯一的快乐和欣慰是每天用微笑向光明致意。

美人蕉是花中美人，
君子兰是花中君子，
仙客来是花中仙客。

牡丹花开，当然有人赞赏，因为艳美富丽；
丁香花开，自然有人欣赏，因为素雅清丽。

向日葵和夜来香，
它们的可爱之处是彼此祝福，
它们的可敬之处是互不嫉妒。

玫瑰，花与刺共生，难得的是：
花如美丽的天使，
刺是忠诚的卫士。

白梅傲雪，凌寒绽放，枝头拥香而笑，亦素亦雅亦美。

只要从田里长出，无论林木还是花草，最初都是幼苗。

一瓣两瓣开不成花，
一朵两朵挂不满枝，
一枝两枝撑不起树。

一粒粒草籽，与牧羊人诉说绿的春意盎然。

风筝，既然飞翔是梦，那就在蓝天下沐浴阳光，把潇洒的影子投射大地。

面对残花败柳和枯枝落叶,快乐的小鸟不再歌唱,美丽的蝴蝶没了踪影。

天高任鸟飞,是一种大自由;
海阔凭鱼跃,是一种真自在。

云飘在高空,鸟飞向云端,为诗人的灵感插上翅膀。

一羽满则为丰,两翼丰则为满;
羽翼丰满后,才有高远的飞翔。

天空已然是一道风景,而当雄鹰从苍穹掠过,则成为风景中的风光和风光中的风采。

谁说羽毛太轻,正因为如此,丰满之后才会有高远的飞翔。

翅膀只有当属于天空时,才变得靓丽,才拥有力量。

蝶是飞舞的花，花是绽放的蝶，蝶与花是彼此的相恋。

既不羡慕龙腾，更不嫉妒虎跃，蛇只想做好狂舞的自己。

龟兔赛跑寓言的联想：乌龟能实现的愿望，蜗牛也一定会向往。

面对虎视眈眈，只有牛犊敢说：你有什么可怕！

黑熊倒在树下说：爬得高不是经验，摔得狠才是教训。

斑马缘何珍稀而奇，斑马缘何珍奇而美，因有斑纹似马非马。

蜘蛛空中结网，所以一丝不苟，是适者生存。

弱肉强食所以不易改变，是因为山羊徒长了双角，而狼的爪牙却物尽其用。

恐龙所以奇特，既因为生的空前，更由于死的绝后。

鳄鱼的眼泪决不可轻信，认真看过它满嘴锋利的牙齿，就会清醒真正的风险是什么。

直面河马后才知道：嘴大吃四方的，多数都脸皮厚。

野狗的悲剧——丧家失宠后，只能到处摇尾乞怜。

鹦鹉学舌，不过是本能，而决非本领。

脚是用来走路的，但蜈蚣自作聪明，以为脚越多爬行得越快。

知了聒噪，自在逍遥，却不知死后蝉蜕入药。

蛙鼓和蝉鸣为夏日添趣，萤火虫则为夏夜添彩。

羊的不幸，是总被拿来替罪；
鸡的不幸，是总被杀给猴看；
而千里马的庆幸，是有缘遇见了伯乐。

站在大海边，望每一次惊涛拍岸，既是邂逅也是拥有。

不管源远，还是流长，只要是活水，最后都是大海的胸怀。

岸，是船的家，无论此岸，还是彼岸；而渡，则是回家，无论顺水，还是逆水。

小溪的快乐是轻声歌唱，
江河的自由是汹涌奔放，
大海的激情是惊涛骇浪。

湖上涟漪，是湖水的柔情；
江上波澜，是江水的激情；
海上惊涛，是海水的豪情。

河水的波光和湖水的涟漪，使水中的倒影变得更加奇幻美妙以至妙不可言。

“飞流直下三千尺，疑是银河落九天”——瀑布是江河绝处逢生时义无反顾的奇美风光和壮丽景观。

我们欣赏山高水低，我们赞美山高水长，因为高山让人仰止，上善难得若水。

旗帜，只有迎风飘舞时才更有风采；
浪潮，只有惊涛拍岸时才最有力量。

一泻千里，是江河奔腾的奇观；
惊涛拍岸，是大海汹涌的壮观。

比海风更遥远，

比幻梦更真实，
征帆就是彼岸。

一季是一季的景色，风光各有美好；
一年是一年的轮回，岁月永远不老。

饮一季春的芬芳，沐一季夏的温润，
四野秋景是诗人心中的诗情，
八方秋色是画家笔下的画境。

或水中望月，
或松下赏雪，
或亭上听琴，
或窗前吟诵……
各是各的情境，
各有各的意韵。

色彩说：我只是季节；
风采说：我才是岁月。

人生况味

自尊自爱
才会有崇高的人生
自觉自悟
才会有智慧的人生

自尊自爱，才会有崇尚的人生；
自觉自悟，才会有智慧的人生。

优质的人生是：
优秀与成长相依，
优异与成才相伴，
优胜与成功相随。

人生如诗，情由心生；
人生如画，境由心造。

故此，只要能够保持心灵的清净和明彻，诗情自真，画境自美。

人生得悟，悟有多种；
所谓了悟，是偶有所悟；
所谓颖悟，是每有参悟；
所谓智悟，是时有顿悟；
所谓觉悟，是大彻大悟。

松竹梅，俗称岁寒三友。

故人生，总该有一种品格与松相关，总该有一种品性与竹相关，总该有一种品质与梅相关。

三十六计，是孙子的智谋；

七十二变，是大圣的本领。

既然如此，人生如若既够足智多谋，又善以变应变，一定会前程似锦，前途无量。

人生，只有当知足成为一种心灵和精神境界时，才会在恬淡中渐渐感悟和细细品味。这样，既没有了患得之累，也没有了患失之苦。

人生有志向，能把应该做的事做到无愧；

人生有志趣，能把喜欢做的事做到无憾。

平凡人生，有些事首先不是做不做得到，而是想没想；

有为人生，有些事首先不是做不做得好，而是做没做。

人生短暂，被忽视是一种无奈，被淡忘是一种无辜；

人生有为,被欣赏是一种幸运,被需要是一种幸福。

快乐人生,犹如为心情放假;
幸福人生,胜似给心灵过节。

人生乐观,凡事才会看淡;
人生达观,遇事才会释然。

淡泊人生,是对名利的淡漠,故一旦身处俗世,则一定决不世俗。

人生,没有什么比因快乐而健康更为珍重,没有什么比因健康而幸福更加美好。

真正的有味人生,其有些是耐人寻味的意味,有些是令人玩味的趣味,有些是津津有味回味……

人生经历中的每次艰难曲折,无一不是生命财富中的宝贵储值。

人生，既有远大理想，更有深邃思想，并一路远行的，才是精神的真正富有。

人生只要充满希望，虽偶有失望，但从不奢望，更不会绝望。

人生境况，顺流而下难得，逆流而上无妨，只要乘风破浪，照样扬帆远航。

人生一路前行，凡能步入胜境的，没有不经历险境的。

对自己，勇于担当；
对他人，甘愿分享——
这样的人生，无不令人赞赏！

所以有丰满的回忆，是因为有圆满的人生；
所以有美妙的心境，是因为有美满的人生。

人生得度，即凡事都要恰到好处，这既是理智的思辨，也是感知的颖悟。

爱和恨有些是彼此的转身,嫉妒不过是比羡慕多迈一步。故人生得度,是一种生存艺术。

人生,凡是才华出众的,既有才智,亦有才情;
人物,凡是卓越超群的,既有卓识,亦有卓略。

读人生,是每个人的必修课;
读懂人生,是只有智者才会交出的答卷。

快慰人生是:
好意生好念,好心做好事,好人有好报。

人生三愿:
福禄同祈,福禧同贺,福寿同享。

人生,回头看能解悟昨天,朝前看可瞻望明天,当然都有必要。但与此相较,更为重要的还是把握今天,做好当下,这则是一种必须。

人生,运气不好不怕,怕得是不争气,更死气沉沉,而可贵的是有志气,更生气勃勃。

人生的清醒,至少有一半与自我的反思和反思的自省相关。

人生难免受苦,但最好不受恶气;
人生难免受累,但最好不受怨气。

人生,幻想可以在梦幻中编织,而理想却必须在现实中通过脚踏实地的努力去实现。

人生,成长是一段岁月,成熟是一个季节,各种成功则是各自的节日。

人生无论有多少变数,但有一条最重要的是:以不变应万变。

人生,只有目标确定准了;前行,脚下的路才不会偏离和分岔。

人生,想赢是人之常情,但不服输和不怕输则是常情中的常理。

无所作为的人生，让人痛惜；
有所作为的人生，令人欣喜；
大有作为的人生，使人赞誉。

无论听别人的传奇，还是讲他人的佳话，都远不如首先把自己的人生故事写好更加重要。

人生有一种幸福，是能为鲜花的绽放要么做一抹阳光，要么做一缕春风，要么做一滴甘霖……

人生，只有创新才会引领时尚，而模仿只能步人后尘。

人生进退的佳境：
进可攻，进无止进；
退可守，以退为进。

身体的强壮，只是强健；
性格的强悍，才是强大——

人生有为,二者缺一不可。

人生的悲情:
有时是一蹶不振,有时是万般无奈;
人生的悲悯:
有时是百无聊赖,有时是万念俱灰。

人生所以失策,有时是因为故弄玄虚,要么搞怪,要么装酷;
人生所以失利,有时是由于虚张声势,要么胡作,要么乱为。

人生有时失意,与其说是命运的捉弄,还不如承认是被自己愚弄。

人生,经历痛苦是一种必然;而精彩的人生则是:
痛使智者变得更加坚强,苦使强者变得更加智慧。

人生,如何想固然重要,但怎么做更关键,故知行合一,才会成为不断成功的自己。

人生,对甘甜的一再回味,让我们记住了曾经再三吃下的苦。

人生,认清他人不易,认准自己更难;而无论认清他人还是认准自己,作为一种认知,最重要的是对他人要公正,对自己要客观。

人生,能把危机变为转机和化为机遇,其成功的几率才会增大。

人生,既没有患得之累,也没有患失之苦,所以好心情就是好日子,好脾气就是好福气。

人生,得意时能不胆大妄为,失意时能不胡作非为,方可有所作为,或可大有作为。

人生,除了自己,没有人能让你活得出彩和活出精彩。

人生，只有既不服输又输得起，最后才可能真正成为赢家。

人生既然没有完美，所以一个人如果说自己没有缺点，其本身就是最大的缺点。

人生如戏，然而人各有志：有的人甘做配角，有的人想当主角，有的人则顺其自然，随遇而安。

人生，可以平淡，但决不能平庸。因为，平淡不一定无奇，而平庸必然无为。

人生如寄，故希望有美好的希求，愿望有美丽的愿景，而奢望则是难圆的奢梦。

人生有梦，但懒汉只会白日做梦，空谈只是痴人说梦，而只有实干才会美梦成真。

人生，谁没有过往事，但并不是所有往事都会成为故事，更不是所有故事都会成为典故。

人生短暂,只有不懈追求,才会活得充实,只有不断奉献,才会活出精彩。

深水不响,沉默是金,是两句哲言睿语。所以,颖悟的人生;从来不会刻意玩深沉。

后悔,有时是人生难免的经历,如有的悔不当初,有的后悔莫及。所以,智慧的人生是:与其后来一再追悔,莫如当初不断追求。

古语云:"塞翁失马,焉知非福。"所以,人生面对得失,智者从不患得患失。

善疑,是人生为学之始的必经之门和学有所成之后登堂入室的必由之路。

怎样做人和做怎样的人,是人生相关的两门必修课和生命两道相关的必答题。

机遇是随缘的,强求不得;
命运是挑战的,侥幸不得;

人生是谱写的，轻率不得。

苦与甜相比，如果苦比甜更多；
爱和恨相比，如果恨比爱更久——
人生一旦面对这样的无奈，该看淡的看淡，该释然时释然。

善德善举，善行善为——
此乃人生向善的八字箴言。

既一无所长，又一无所求，人生只能是：要么一无所成，要么一无所有。

真在左，善在右，所以美好的人生才会左右逢源。

真善美三足鼎立，共同构筑和支撑起生命道德的大厦。

俗话说：人性实，火性虚。即说话、办事、做人，都要力求做到敦厚老实；故说老实话，办老实事，做老实人，应当成为人生的座右铭。

生命之花美丽，绽放是它的神清气爽；
生命之树挺拔，向上是它的气宇轩昂。

生命的魅力，有时表现为遇事时敢于担当的魅力，有时则表现为处事时沉着冷静的定力。

生命所以尊贵，一是从来不失自尊，二是始终保持尊严。

生命的尊严，不在别人口是心非的敬畏里，而是在心口如一的自尊里。

生命，如果理想是光明，希望才是火种，失望即是烟尘，绝望则是灰烬。

生命，作为一种品格，谦恭是不该冒犯的，谦虚是难以冒充的。

生命真正的富有和价值，并不在于物质方面曾经拥有多少和享有什么，而是在精神层面最终站得多高和看得多远。

生命宝贵，只有一次，故有理想就不能随波逐流，有信仰就不该随心所欲。

生命中没有完全和绝对的幸与不幸，它只是因每个人生命经历和心灵境界的不同而不同。

生命，强大的内心是勉强不来的，只有靠自身信念的坚定和意志的顽强才能获得。

生命，面对善意的批评，要懂得珍惜和珍重，因为它的背后，有关注、有关心、更有关护。

生命初始，原本没有高低贵贱之分，而只有当活得出彩和活出精彩时，才会变得高尚和显得珍贵。

就客观而言，生命只是一个过程，顺其自然即可；

就主观而论,生命更是一个历程,然其自然才好。

人生每有所得,但最好不是得宠,不然会有辱自尊;

生命难免有失,但绝对不可失信,不然会有伤尊严。

俗话说:人无根而不立,鸟无翼而难翔。

故生命的强者坚信:是根,就会拥抱大地;是翼,就要眷恋蓝天。

文王拘而演《周易》,仲尼厄而作《春秋》,屈原放逐乃赋《离骚》,左丘失明厥有《国语》——生命的奇迹有时就是在这样命运相悖的逆境中衍生。

既没有永远的得到,也没有永远的失去;生命的真正智慧,是在得失之间的取舍有度。

如果每个人是一本书的话,无论平装,还是精装,甚至线装,只有用心和灵魂去读,才会渐渐品出对生命敬畏的感知、感觉和感悟。

人生的悖论:有即是无,无亦是有;
生命的悖论:无生无死,向死而生。

人生的意义,有一种理解是思想的游走;
生命的价值,有一种诠释是思想的远行。

人生,思想歌唱,犹如放飞的翅膀;
生命,精神闪烁,犹如璀璨的阳光。

人生光明磊落,是一种难求的美好;
生命光鲜亮丽,是一种难得的美妙。

壮美的人生,经历是江河;
壮丽的生命,归宿是大海。

人生顽强,当然不会相信眼泪;
生命智慧,自然不会沉迷赞语。

人生,心灵净的,面对红尘可以超凡;

生命，心神静的，面对尘世可以脱俗。

人生，有信仰即有信念，有信念即有信心，故为人笃信；

生命，有理想即有理念，有理念即有理性，故处事明理。

人生，不怕挑战的，是因为有胆识；

生命，敢于超越的，是因为有魄力。

敢想敢干，是人生的成长；

有作有为，是生命的成功。

人生有志，气宇轩昂的则可气冲霄汉；

生命有为，气势磅礴的则可气贯长虹。

无奈的人生，有多少空想就有多少失望；

无为的生命，有多少妄想就有多少绝望。

人生，有一种惊喜是久别重逢；

生命，有一种奇迹是绝地重生。

人生有出息,因无愧而无憾;
生命有志气,因无私而无畏。

人生,思想远行的才会出彩;
生命,精神富有的才够精彩。

人生想出彩的,那就要为人所不敢为;
生命想精彩的,那就要成人所不能成。

生命精彩,不能没有理想和信念;
人生出彩,不能没有挑战和超越。

人生,勇气不回头,才能活得出彩;
生命,志气不低头,才能活出精彩。

美好的记忆对回忆说:我是人生的出彩;
难忘的回忆对记忆说:我是生命的精彩。

生命与生命有时对视,是为了从中发现彼此的精彩;

人生与人生有时对话，是为了从中领悟彼此的智慧。

只有心灵的高尚，才有灵魂的高贵；
只有人生的出彩，才有生命的精彩。

生命宝贵，应有造就，但不可能一挥而就；
人生精彩，要有成就，但不可能一蹴而就。

生命要想大放异彩，人生就必须活得出彩；
人生要想活出精彩，生活则必须多姿多彩。

破茧化蝶，才会有传奇人生；
浴火重生，才会有壮美生命。

得失平常心，进退寻常事——人生常态如此，生命状态则不会变幻无常。

书画同道，讲究的是留白艺术；人生精彩、生命完美，又何尝不是！

人生，只有简约而不简单，才会颖悟生命之真，才会洞悉心灵之美。

轻描淡写的人生，永远不会有浓墨重彩的生命。

生命没有完美，却可以完善；人生只要求美向善，完全可以活出精彩。

人生，各有各的美好，关键是要选好欣赏的视角；

生命，各有各的精彩，关键是要开拓观赏的视野。

人生，五味杂陈，各是各的滋味，所以要学会品味；

生命，七彩纷呈，各有各的精彩，所以要懂得生活。

品德高尚，是生命站到了应站的高度；

品位高雅，是人生走在了应在的高处。

人生,智者聪慧,故从不自作聪明;
生命,悟者清醒,故决不自恃清高。

人生,要能自立,但自立不可自恃;
生命,要有自尊,但自尊不可自傲。

生命,享有并能持守自重,就决不会失尊;
人生,拥有并能坚守自立,就决不会失敬。

人生,对真理的尊重,首先是尊崇它的尊严;
生命,对真理的崇拜,最终是崇尚它的崇高。

人生,被羡慕可能是因为曾经的拥有;
生命,被崇尚必然是由于不断地奉献。

生命,有理想,有信念,就有追求;
人生,有梦想,有志向,就有希望。

人生有为,要志向大、意气坚;
生命有成,要胜不骄、败不馁。

人生，能变奢求为追求的，成功便在希望的路上；

生命，能变奢望为希望的，成功便在追求的脚下。

人生有追求，只要持之以恒，就一定会水到渠成；

生命有向往，只要持之以韧，就一定会天道酬勤。

人生没有志气，怎么会有志向；

生命没有魄力，怎么会有魅力。

人生，优质的人品才有优秀的思想；

生命，独立的人格才有独特的精神。

人性向善，不是轻易说的，观其所行才能确证；

生命尚美，不是随意说的，视其所求才能实证。

人生，无怨方可无悔，无憾方可无愧；

生命,有情还需有义,有志还需有气。

从优秀到卓越,是人生的跨越;
从卓越到伟大,是生命的飞跃。

人生,气量大者,才会有大气度;
生命,气魄大者,才会有大气势。

人生,胸襟越宽,眼界越远;
生命,心灵越美,境界越高。

人生,心平是心性的安详;
生命,气和是气性的安适。

人生,泊淡以明志,故可志存高远;
生命,宁静而致远,故有远见卓识。

人生,真若不离左右,善能左右逢源,生命之美就会一路播种、开花和结果。

人生,守善之义,不甘人后;

生命,施舍之利,不抢人先。

人生,有所作为才会有口皆碑;
生命,无所畏惧才会无坚不摧。

人生,朝气勃勃,才会生机盎然;
生命,正气满满,才会大义凛然。

人生,只有经历艰难,志者的志气才会大长;
生命,只有历经磨难,智者的智力才会激增。

人生,要有大志向,
换言之,就是要能胸怀大志,志存高远;
生命,要有大志业,
换言之,就是要有雄心壮志,志在必得。

人生,只有不忘初心,才会一往无前;
生命,只有不改初衷,才会前程似锦。

人生可以超然,但最佳的境况是超然物外;
生命可以超凡,但最佳的境界是超凡脱俗。

人生,学养涵养修养,故学养是一个人的教养;
生命,修养修度修为,故修养是一个人的素养。

敢想敢干,人生才会生机盎然;
敢作敢为,生命才会生机勃发。

面对生命承载,所以有信心,是因为有恒心;
面对人生担当,所以有责任感,是因为有使命感。

做事,一般不宜高调;
做人,最好保持低调。
这样的人生,才不会离谱;
这样的生命,更不会失度。

人生,用心去做事,事事必有所成;
生命,用心去做人,人人皆可成器。

人生中无论有多少挫折,都是对生命的考验;
生命中无论有多少曲折,又都是人生的转机。

人生，因不怕危难和意志坚定而闪光；
生命，因不惧艰险和毅力顽强而辉煌。

人生，再艰苦的日子，有追求从不觉苦；
生命，再艰难的岁月，敢挑战从不觉难。

人生，成长路上，离不开自信，自信才会自强自立；
生命，成功面前，更需要自醒，自醒才会自戒自警。

所以说痛苦是一种经历，因为它让人生成长；
所以说苦难是一种历练，因为它使生命成熟。

人生，成长是要有经历的，故我们有时错了就要勇于承认；
生命，成熟是要有历练的，故我们有时输了就要敢于承担。

人生，自尊自爱，不是为了取悦他人；

生命，自强自立，不是为了取信他人。

人有自信，十分重要，对人生而言；
生有尊严，格外重要，对生命而言。

人生成长，难免被庸人指指点点；
生命成熟，却离不开高人的点拨。

有担当，才会是大有作为的人生；
敢担当，才会是敢作敢为的生命。

与智者为友，可以启智；
与悟者结缘，可以得悟。
故智悟人生，方可先知先觉。

感悟人生，离不开饱尝艰辛；
感悟生命，离不开历经危困。

欲求，知足是人生最大的颖悟；
追求，知不足是生命真正的觉悟。

从不积怨，人生才会放松心情；
决不抱怨，生命才会放大快乐。

人生路上有几座高峰不知道，但生命的清醒是——不能只在一座峰顶止步。

能感受孤独的，孤独是一种人生体察；
能享受寂寞的，寂寞是一种生命体悟。

人生，能参悟得失的，是真聪慧；
生命，能参透取舍的，是大智慧。

人生，若被势利所惑，必然愚昧；
生命，不被世俗所累，自然聪慧。

人生，想改变吗，那就要敢于挑战；
生命，想蜕变吗，那就要勇于创新。

时光如果可以倒流，人生还需珍惜吗？
岁月如果可以回头，生命还会宝贵吗？

有一种生命体悟是:转危为安后才倍感珍惜;
有一种人生价值是:转败为胜后才倍加珍贵。

人生,愿吃苦的,苦从不觉苦,而且以苦为乐;
生命,能耐劳的,劳从不觉劳,而且任劳任怨。

人生有一种快乐,是拒痛苦于千里之外;
生命有一种幸福,是囚苦难于樊笼之中。

伤口,只是人生一时忘不掉的记忆;
伤疤,才是生命永远抹不掉的回忆。

人生,记忆中的回忆是最难舍的;
生命,回忆中的记忆是最难忘的。

人生,容易忘却的是岁月如烟的往事;
生命,不易写好的是来日方长的故事。

人生,不忘初心,故无论得失,都不改初衷;
生命,不辱使命,故无论成败,都不甘听命。

人生所以每有感怀，是因为不忘感恩；
生命所以每有感念，是由于难忘感动。

人生不应随意怀疑，生命不该轻易质疑，不然，面对纷繁复杂的生活怎么释疑。

满怀希望还只是一种人生自信的直觉，而不懈追求和拼搏才是生命自强的践行。

人生有太多的不易，生命有太多的不同，但只要信仰坚定，意志顽强，追求不懈，人生就会多姿多彩，生命则会异彩纷呈。

生命没有脚本，人生不能彩排，而每个人在剧中的角色虽各有不同，但只要演得本真就好。

人生，在希望中成长，在守望中成熟；
生命，在奢望中迷失，在绝望中窒息。

人生，不该错过的，就一定要力求把握；
生命，不该错失的，就一定要力争挽回。

人生的可悲：胸无大志却好高骛远；
生命的可贵：心有志向并大有作为。

生命，因为存在，所以才总有期待；
人生，因为存活，所以才不该等待。

人生，每一次历练都是历程；
生命，每一次成长都是成熟。

不辜负人生，就一定要有担当，才不枉生；
不愧对生命，就一定要敢挑战，从不认命。

生性天真的，人生难得无忧无虑；
习性认真的，生命难得无悔无愧。

人生的意义，有时是干了什么和干过多少，并留下足迹；

生命的价值，有时是想了什么和想过多少，并留下墨迹。

人生，作为一种心态，要想让心境敞亮，性情必须开朗；

生命，作为一种心境，要想让心胸豁达，性格必须豪爽。

生性好强的，秉性才会倔强；

秉性倔强的，生命才会顽强；

生命顽强的，人生才会远翔。

生命，拥有幸福和享有幸福是两种境况；

人生，独享幸福和分享幸福是两种境界。

人生，物质财富，孰多孰少，少亦是多，多亦是少；

生命，精神财富，越多越好，多就是多，少就是少。

人生，面对误失，气不可泄，否则难以重振旗鼓；

生命，面对错失，势不可颓，否则难以东山再起。

人生,与其一再反省,不如多多反思;
生命,与其再三警醒,不如时时警觉。

生命,美梦温暖心灵;
人生,大梦引渡苍生。

人生,长梦不醒,不是真正的追梦者;
生命,美梦成真,才是真正的梦想家。

人生,自寻烦恼久了,犹如作茧自缚;
生命,自惭形秽久了,难以破茧化蝶。

生命,有的最终破茧化蝶,是一种美丽;
人生,有的一再作茧自缚,是一种悲戚。

人生,有时养精蓄锐,是为了蓄势待发;
生命,一味养尊处优,则难以处变不惊。

因为无能为力,所以无所作为,这是人生的无助;

因为一事无成，所以一无是处，这是生命的无辜。

一筹莫展，只是人生一时的无奈；
万念俱灰，则是生命终极的悲哀。

不被钟情的人生，生命一定苍白乏味；
不被钟爱的生命，人生一定单调无趣。

人生，重复的快乐单调；
生命，复制的幸福乏味。

人生珍重，决不能因迷惘误入迷途；
生命宝贵，更不该由迷途跌入迷谷。

爱好适度，生命自然不会沉溺；
嗜好失度，人生必然陷入沉迷。

人生，贪心不足，是痛苦之根；
生命，欲壑难填，是灾祸之源。

人生，太过计较得失的，难以修度，故容易失衡；

生命，太过在意输赢的，难以持恒，故容易失重。

生存，有人气，才有气场；
生活，有志趣，才有趣味；
生命，有魅力，才有力量。

生活中，经常并容易被忽略的是细节；
而人生，有时影响和决定成败的恰恰也是细节。

生活的甜美，离不开辛勤汗水的酿造；
人生的美妙，离不开智慧颖悟的创造。

心有多敞亮，生活就有多清新；
心有多恬静，人生就有多安宁。

不与生活开玩笑，人生才不会成笑柄；
不把生活当笑料，人生才不会成笑谈。

生活有时有负于你，是因为你首先辜负了人生；

生活有时有辱于你，是因为你首先欺辱了人生。

生活，有苦也有甜，往往苦甜参半，故顺其自然就好；

人生，有得必有失，往往得失相当，故然其自然就好。

生活的严苛有时是：

先让其身陷痛苦，然后再一步步把你推向幸福；

生命的严酷有时是：

先让其置身险境，然后再一步步把你送上坦途。

人生的格调，与生活的情调相关；

人生的品位，与生活的趣味相关。

人生,有时痛并快乐着,别是一种滋味;
生活,有时苦却乐活着,别有一番韵味。

人生,如何面对得失?
生活的经验是:
既没有永远的得到,也没有永远的失去;
生存的智慧是:
既要明白有舍有得,更要学会先舍后得。

苦恼时,能用快乐去排解的,生活才会有情趣;
悲伤时,能用乐观去化解的,生命才会有意味。

生命不能没有信仰,而不仅仅是信心;
人生不能没有目标,而不仅仅是目的;
生活不能没有品味,而不仅仅是趣味。

生命,信仰是心灵的阳光;
人生,信念是追求的翅膀;
生活,信心是成功的希望。

人生,信念在追求中;

生命,奉献在拼搏中;
生活,幸福在追求和拼搏中。

不爱他人,其实就是不爱自己;
热爱生活,其实就是珍爱生命。

我们热爱生活,是因为敬畏生命;
我们珍爱人生,是因为尊重生命。

智者不仅知足,而且知止,故知止者知度;而也只有知足和知止,生活才会快乐,人生才会幸福。

生命有爱有憎,人生有得有失,生活有甜有苦,所以每个人必须清醒的是:不论谁,无时无刻都会面临这样或那样的命运抉择。

当我们发现并懂得珍惜身边的快乐和幸福时,生活不再平淡,人生不再乏味,生命不再无趣。

生活有滋味,人生才有回味;
人生有品位,生命才有意味。

生活可以平平淡淡，人生不能庸庸碌碌，这样的生命才实实在在。

既然生活不能袖手旁观，所以每个人都应该是自己人生的主创和生命的主宰。

生活，有时无聊是因为无趣；
人生，有时无奈是由于无为；
生命，既无趣又无为，还有什么意味。

丰富多彩的生活，是人生的十万个为什么；
丰沛精彩的人生，是生命的百科全书。

生活要有滋味，
人生要有品味，
生命要有意味——
如此，才不枉此生！

真正美好的日子，都是丰富多彩的；
真正幸福的生活，都是温馨甜蜜的。

生活，平平淡淡才是真，如果平淡真的成为人生常态，那么生命的幸福指数理当随之提升。

生活中最无奈的不是无聊，也不是无趣，而是无为。

何谓生活，最直白的诠释是：生既要有生气，又要有生机，活才有活力。

生活中的事物，可笑的无法可敬，可卑的无异可悲，可耻的无需可怜。

生活的一种境况是：真实而简单，简单而快乐，快乐而美好，美好而幸福。

享乐的生活，只知道想吃什么；
康乐的生活，最知道该吃什么。

生存，是必须做应该做的事；
生活，是能够做喜欢做的事。

会生活是:能把或咸或淡的日子过得有滋有味;

善生存是:能把或大或小的事情做得有声有色。

平庸的生活,既没有色彩,又缺乏滋味,所以只会在碌碌无为中虚度光阴。

生存,要珍惜快乐;

生活,要学会乐活。

因为,人生有限,更何况生命属于每个人只有一次。

生存条件不好,人的能力完全可以改变;

生活环境不好,人的智力完全可以改造。

生活如歌,是说生的;

生命如碑,是说死的;

人生如炬如旗,是说向死而生的。

生命,如果只就死论死,永远是一种恐怖;
人生,如果能以死悟生,死则不再是恐惧。

既然是出生入死,死还有什么恐惧;
既然是向死而生,生还有什么畏惧!

做无愧的自己,是生对死始终庄严的承诺;
做无憾的自己,是死对生最终庄重的承载。

生无法选择,死难以预测,出生入死是自然法则。故最难得的人生是:生不曾畏死,死不曾妄生。

怕死鬼被死终日缠身,自觉生不如死;所以哲人说:怕死比死更可怕。

思想者说:智慧把我们带回童年。换言之,人生所以一再开启智悟之门,是由于善思并与拥有一颗成熟的童心密不可分。

面对成长,青春说:我正精力旺盛;
面对成功,生命说:我正年富力强。

青春之火，只要燃烧着，无论在哪里，都是熊熊向上的；

生命之炬，只要高举着，无论在哪里，都是熠熠生辉的。

生命中最珍贵也最浪费不起的岁月是青春，所以大家都希望青春无悔，更向往青春万岁！

人生短暂，青春易逝，故珍惜青春，就是对生命的最大珍重和敬畏。

少年如得闲境，最怕无趣；
中年如遇逆境，最怕无为；
老年如处困境，最怕无助。
少年有趣，无忧无虑，可谓快乐人生；
青年有成，无畏无愧，可谓精彩人生；
老年有为，无怨无悔，可谓幸福人生。

生命，年轻的时候，比的是活力；中年的时候，拼的是毅力；老年的时候，看的是魅力。

白发，对一般人而言，它只是流逝的岁月，而对有些人来说，它还是阅历，甚至更是智慧。

所谓老有所乐，就是内心深处还有召唤；
所谓老有所为，就是内心深处还有呐喊。

时光，一日难再晨，故要倍加珍惜；
生命，盛年不重来，故应格外珍重。

把当下活出美好，把今天活出精彩，是对明天最好的憧憬和祈祝。

懂得生命不可挽留，明白时间不该挥霍，才会珍惜人生的每个当下和瞬间。

珍重生命就要珍惜时间，
珍惜时间就要珍爱今天，
珍爱今天就要珍视当下。

忏悔者逝去的总是昨天，

憧憬者拥有的只是明天，
只有不懈追求者才生机勃勃地活在当下。

昨天的美好，已是曾经的回忆；
明天的美好，只是希冀的憧憬；
今天的美好，才是当下的珍惜。

专情活在今天，真情活好当下，就不会被昨天分心，也无须为明天担心。

只有当下尽力了，才能够有无悔的明天；
只有今天努力了，才不会有懊悔的昨天。

与其惋惜昨天的日子不够好，与其期待明天是个好日子，远不如努力把今天的日子先过好。

懒人愧对昨天，
庸人有负今天，
蠢人空待明天。

活着就好，好好活着就要珍惜人生的每个瞬

间；

好好活着，越活越好就要珍爱生命的所有当下。

人生苦短，耐不住老，也来不及老。所以，珍爱生命就必须珍惜时间，而珍惜时间就要惜日、惜时、惜分、惜秒。

人生，明天可以憧憬，而对明天最好的憧憬是让每个当下都有所作为，让每个今天都大有作为。

智商低，有一种无知是失去时才懂珍惜，比如时间；

情商低，有一种幼稚是拥有时不懂珍爱，比如生命。

心灵境界

美丽的风光
因为有美妙的景色
美满的日子
因为有美好 的心境

美丽的风光，因为有美妙的景色；
美满的日子，因为有美好的心境。

心有闲情，四季可赏美景；
情有逸致，随处可见奇观。

会心，情融入景时，景才会是美景；
醉心，情化入境时，境才会是妙境。

心灵的高尚，与人生的崇尚直接相关；
灵魂的尊贵，与生命的尊严直接相关。

与人无争，故心静自安，
与世无争，故心安自宽。

只要心灵是清亮的，眼睛就会清澈如水；
只要眼睛是明亮的，心灵就会明彻如镜。

“以苦为乐”的人，是自觉于心；
“以空为境”的人，是自悟于心。

人性敞亮,是因为打开了心窗;
生性豁达,是因为敞开了心扉。

心态平和,思想自然清亮;
心境平顺,胸怀自然敞亮。

知识使人睁亮双眼,
智识使人开动大脑,
智慧使人觉悟心灵。

只要心静,清静则是一种清醒;
只有心悟,省悟才是一种觉悟。

思者多谋,故再烦乱的事也不会烦心;
智者有慧,故再困扰的事也不会困惑。

清静的日子清心,
舒适的日子舒心,
安逸的日子安心。

理解是将心比心,

宽容是以心换心，
关爱是心心相印。

心志可以高,但能不好高骛远,是适度;
心气不要傲,故如若居功自傲,是失度。

平常心是:
放松心情,则心气平和;
放平心态,则心神安宁。

心气平和,可以无视稚拙的荒唐;
胸襟坦荡,可以不屑骄纵的轻狂。

灵感是才思的瞬间启悟,它既是心灵感知的顿悟,亦是灵魂感受的颖悟。

想纯粹吗？那就让心灵首先变得纯净;
想纯净吗？那就让心灵首先变得纯真;
想纯真吗？那就让心灵首先变得纯朴。

美好的心灵,从不会看他人丢丑;

美妙的心境,更不愿看他人献丑。

无论亲朋,还是好友,一经走进彼此的世界,便会成为心灵久久的怀想和珍藏。

乐观和达观是心性的两种心态,前者更多的是说心情,后者更多的是指心境。

同样是生存,感觉是否快乐,关键是看心态;
同样是生活,感受是否幸福,关键要看心境。

心态如何,有时会决定人生的态度,所以保持良好的心态特别关键;
心境如何,有时会影响生命的境界,所以拥有美好的心境至关重要。

只有美好的事物,才会被看好;
只有美好的心灵,才会被赞美。

每当自己不顺心时,却仍能顾及他人的不开心,可谓心存善念,当然也是胸怀慈愿。

谁的心灵不曾受伤，而只有那些不觉伤感和没被伤透的才可能成为强者。

善于与人交心或沟通，说到“痛处”会最有效，搔到“痒处”会最舒服——或许，这就是讲话的艺术和智慧。

不仅明白是，更要明辨是非；
不仅知道对，更要知晓对错——
这才是智慧。

把伤疤留在脸上的，当然难看；
把伤痛放在心中的，自然难忘。

福气只是因果的福报，而决非谁都会有的运气。所以祈福得有智悟，而乞福则是自愚。

换位思考，关键是能将心比心，以心换心，这作为一种修养，其既是智慧，亦更是美德。

心态如何，会影响待人的心怀；
心性如何，会决定做人的心境。

愉悦和幸福相比，其前者是心情的感受，而后者则是心境的感悟。

耐心，揉得时间久了，也会起皱折的；
韧性，磨得时间长了，也会没棱角的。

平凡是一种状态，其平凡而不平庸者，是常人的常态；
超凡是一种境界，其超凡而又超脱者，是悟者的悟境。

美梦让人心动，追梦让人激动，美梦成真让人感动。

以德报怨，是人品心性的贤良；
恩将仇报，是人格灵魂的丑恶。

人之心性——

凡怀揣羡慕的,心情一定愉悦;
凡怀揣嫉妒的,心胸一定狭隘;
凡怀揣怨恨的,心态一定扭曲。

常言道:乐者多福,气者多疾。所以,不生气,不赌气,能放松心情和放大快乐是一种生存智慧。

有欲而不奢求,有求而不贪婪,心性才会释然,心气才会平和,心境才会淡定。

修行先养性,养性亦怡心。故心净则性温,性温则行恭。

有人爱发火,是心气不平,故怨气多;
有人爱发飙,是心气浮躁,故脾气大。

心生怒气,首先伤及的只是自己;
迁怒他人,最终受伤的则是彼此。

古语云:哀莫大于心死。
所以,"忘",心都死了,还奢望能记住什么;

“盲”，眼都瞎了，还奢望能看清什么……

同样是不爽，当不善择言用牢骚发泄时，是心情的失调，而能巧言机变用幽默去排解的，则是心境的调适。

心情郁闷的时候，总觉得快乐远在天边；
心境愉悦的时候，才发现幸福就在身边。

心有多大，肚量就有多大；
肚量多大，胸怀就有多大；
胸怀多大，志气就有多大。

心气高却没底气，最终往往懈气；
口气大却不争气，有时往往怄气。

闲言碎语，听了让人不开心；
胡言乱语，听了让人太烦心；
流言蜚语，听了让人更闹心。

有时眼花缭乱的表象，可能会手忙脚乱；

有时手忙脚乱的缘由，可能是心烦意乱。

恢谐和幽默可以滋养心灵，吹牛则使浅薄放大和膨胀。

深夜夜幕太厚，暗夜夜色太浓，要想穿越必须点亮心灯。

面对世俗和喧闹久了，最后才发现，真正的安宁是在心里。

真心的感怀，一定出于真诚，所以情深意厚；
真诚的感念，一定出于真心，所以情真意切。

真实使秉性诚实，故做人靠实，办事踏实；
坦诚使心胸坦荡，故为人坦率，处事坦然。

眼神只要诚实，可以见所不见；
心神只要淡定，可以觉所未觉。

微笑所以动人，是由于眉目传情；

微笑所以感人,是因为心境澄明。

所谓信服,讲究的是心服口服;
所谓折服,讲究的是心悦诚服。

真情难得。诸如:
真诚中见性的,是真性情;
患难中交友的,是真友情。

真正的坦诚,是面对真诚的感动,而决非不得不坦诚,更不是为坦诚而坦诚。

时有冷暖,但只要人间有真情,就会如沐春风;
人有亲疏,但只要心中有真诚,就会如饮甘露。

心气浮躁的,难以心境平、气性和,故必然失态;
言行浮夸的,难以言必信、行必果,故必然失真。

所谓成熟,主要是说心智,而不单单指外形;

所谓沉稳，主要是指心性，而不单单说举止。

只有当诚实的心灵成为一面明镜，我们的一言一行才不会走样，更不会失真。

嘴上逞强，心早发慌，算什么强势；
嘴上逞能，心已投降，算什么能耐。

眼里看得多了，有时会头昏眼花，所以需要闭目养神；
心里想得多了，有时会心烦意乱，所以需要清心寡欲。

心不平，故忧虑不消，烦恼易生；
气不和，故怨悔不解，懊恼难除。

心性爽朗，则不会轻易烦恼；
心境清朗，则不会恣意烦躁。

烦恼人人都会有，但只要心胸豁达，心境平和，心神安然，自会远离烦恼。总之，一颗平常之心，永远不会生出皱纹。

善思者，不会自寻烦恼；
善悟者，可以禅来烦去。

烦恼，有时是因事而起，故要谨防无事生非；
烦躁，有时是因人而生，故要谨防庸人自扰。

心灵的孤独，性格的孤僻，性情的孤傲三者相比，傲不可恃，僻不可取，唯独可守。

孤而不觉单时，难得的是心灵的那份淡然；
贫而不觉苦时，难得的是心境的那份释然。

自由不是流浪，自在不是漂泊；
自省不会孤独，自悟不会寂寞。

能做到孤而不独，是心灵难得的自由；
能做到寂而不寞，是心境难求的自在。

孤影不觉自怜，

孤芳能不自赏，
孤独岂会寂寞。

谁能陪伴孤独，谁就会站在更高的高处；
谁能守候寂寞，谁就会走向更远的远方。

修养妙悟

修持是
修养要持之以恒
修为是
修养要有所作为

修持是:修养要持之以恒;
修为是:修养要有所作为。

人生修养:
信念如何,坚定生命的信仰;
品味如何,决定生活的品质。

修养有时是:
以言立德,以德修心,
以心养性,以性涵情。

人生修养,要从学习反思开始感悟生命;
生命涵养,要从学会反省渐渐参悟人生。

人生修度,该舍的舍弃,毫不吝惜,是明智;
生命修为,难舍的割舍,毫不犹豫,是睿智。

人有自尊,作为一种修养,可以赢得他人的尊重;
人有尊严,作为一种涵养,可以赢得他人的尊崇。

修养，容且能忍，容者为上；
涵养，忍且能让，忍者为高。

修养，心性包容，能持恒的则是一种释然；
涵养，心境从容，能持守的则是一种豁然。

真正的有学养者，不会因为自己的学识而轻视他人；

真正的有涵养者，不会因为自己的涵容而轻慢他人。

所谓素质，一般与教养相关；
所谓气质，一般与修养相关；
所谓品质，一般与涵养相关。

上善若水：

深水不响也好，水滴石穿也好，水到渠成也好……总之，水的品格正是人生的修身养性之道。

真的有修养，是当你有实力强势时，反而会谦和；

真的有涵养，是当你有能力强悍时，反而会谦让。

生命需要珍重，人生需要修养；
人格需要尊重，品格需要涵养。

修养，品性如何，当然要看涵养；
修为，德性如何，当然要看作为。

修身之道，即安身立命之道。
其安身，即安心、安生；
其立命，即立根、立本。

不懂宽恕他人，涵养永远不会变得宽容；
不懂理解他人，修养永远不会变得理让。

被别人欣赏时，切忌沾沾自喜，这是修养；
被别人轻蔑时，切忌闷闷不乐，这是涵养。

欣赏什么样的人，与欣赏者的修养相关；

赞美什么样的人，与赞美者的涵养相关。

智商如何，与一个人的教养密切相关；
情商如何，与一个人的修养密切相关。

被误解时能冷静面对，是一种修养的大气；
被错怪时能清醒面对，是一种涵养的大度。

人的性情有好有差，是与其自身品性的涵养相关；
人的性格有优有劣，是与其自身品格的修养相关。

愚者所以为愚，是因为其既无视学识，更轻视学养；
智者所以为智，是因为其既看重修养，更注重涵养。

既可宽容又能包容是难得的修养，既容而可忍又容而能让则是难得的涵养。

人生品质的高尚,与品格的修养相关;
生命品格的崇高,与人格的涵养相关。

作为涵养,宽容是一种美德,它可以让人变得宽宏大量和从容大度。

能由聪明变得聪慧,是因为有修养;
能由聪慧变得智慧,是因为有涵养。

知识再多,如果冥顽不化,也不叫学问;
学问再大,如果愚冥不悟,也难为学养。

退,有时是避;容,有时是让。懂得和学会避让,是一种人生涵养和生存智慧。

本性是最率真的,本真是最率性的,这原本都是做人和做事的根本,所以该修的修为,该持的持守。

人生修为:生命向真向善向美,首先要能自度于心,然后才会自觉践行,并渐行渐远,一路向前。

俗话说:与人方便,自己方便。这既是一种为人修持的理智,更是一种做人修为的智慧。

人生,修性必先修心,修心必先修行;
生命,得悟须先得慧,得慧须先得智。

何以相安无事,因为与世无争;
何以安然无忧,因为问心无愧。

作为心智,知足是智者修养的智悟;
作为心志,知不足是志者践行的志向。

悟空的境界:
能心悟者,目自然清;
能目空者,心自然静。

心胸狭隘的,针插不进;
胸襟宽阔的,海纳百川。

只有付出时心无挂碍,才会从容;

只有割舍时情不自禁，才会淡定。

所谓镇静，是于心方寸不乱；
所谓镇定，是于行阵脚不乱。

人性，轻可能浮，浮可能烦，烦可能躁；故修身养性，轻不可贱，浮不可浅，烦不可恼。

做人，懂得低调是有教养，而能保持低调则是修养。

放任，是修身之大忌，故任性的话少说；
放纵，是养性之禁忌，故骄纵的事不做。

心眼小的人，容易猜妒，所以要修心；
气性大的人，容易动怒，所以要养性。

自省的人聪明，自察的人聪颖；
自觉的人聪慧，自悟的人聪灵。

何谓不卑不亢？从不迎合，从不取悦，这是人品的高尚；

何谓不屈不挠？从不低头，从不弯腰，这是人格的高贵。

何谓从容？面对进退时，抉择不会无所适从；
何谓淡定？面对得失时，取舍不会犹疑不定。

淡然不是淡漠，而是淡定；
释然不是释手，而是释怀。

真有才情的人总是率真的，决不虚伪；
确有才气的人总是率真的，决不虚荣。

谁抱怨生活压力大，是不懂得舍弃；
谁感觉生活负担重，是没学会放下。

拿得起，当然需要；
放得下，更为必要；
而既拿得起，同时又放得下，才最重要。

想得开，才会豁然，并找到自在；

放得下,才会释然,并找回自我。

如果活得纠结,有的是因为放不下;
如果活得郁结,有的是由于舍不得。

真正的清醒,是难得糊涂;
真正的觉悟,是大智若愚。

知足是修性的睿智,
知不足则是修为的励志。

见好就收,还只是明智;
知足常乐,才是大智慧。

知足常乐:
乐而不烦,乐而忘忧,乐而得福,乐而增寿……
何乐而不为!

比上不足,故不知止;
比下有余,则知足常乐——
而真正"比"的智慧则是:

做好自己,不比为贵。

有什么说什么,是性情的率真;

是什么说什么,是品格的诚实;

但懂得什么场合该说什么,什么时候不该说什么,则是人生同时应有的素养。

人生修为,无论初始还是终极,首先应是拯救自己,然后才可拯救他人,甚至世界。

人生修持:即使一言一行,也要有始有终;无论与人与事,都应全心全意。

修持有度,当心灵成为一面明镜时,人生的一言一行便不再失真,当然更不会扭曲。

别人的风景虽美,但看得再久也成不了自己的风光。

能做最真的自己,敢做最好的自己,自己才是自己的主宰。

做人自省,才会自我完善;
做事自悟,才会自觉向善。

有的事顺其自然,可以做真实的自己;
有的事然其自然,才会做最好的自己。

人生,有一种庆幸,是让自己无愧;
生命,有一种幸福,是让自己无悔。

你无法改正别人,但可以不断修正自己;
你无法改善别人,但可以不断完善自己。

想感受自己吗,那就做真实的自我;
想感悟自己吗,那就做聪慧的自我。

做有为的自己,是生对死庄严的承诺;
做无憾的自己,是死对生庄重的承载。

人生,与其羡慕他人,不如先做好自己;
生命,与其仰慕他人,不如做最好的自己。

走自己的路,不被他人左右,才会一往无前;
做自己的事,不被他人操控,才会一如既往。

不可忽视他人,更不该无视自己;
可以挑战别人,更应该超越自我。

有时我们输给别人,是由于首先输给了自己;
有时我们超越别人,是由于首先超越了自我。

要做真实的自己,就必须远离自恋和自闭;
想做优秀的自己,就必须坚守自强和自立。

自尊有两种境界:

一是他人的意志左右不了你,你还是你自己,自尊使你走向完善;

一是世俗的诱惑动摇不了你,你就是你自己,自尊使你接近完美。

做自信的自己,必然自强,故才有成功的志业;
做自尊的自己,必然自爱,故才有高尚的灵魂。

自夸,把自己吹得越虚越不像自己;
自诩,把自己装得越假越不是自己。

人生,做真实的自己,就不会为讨好他人而刻意虚伪;
生命,做诚实的自己,就不会为迁就他人而随意扭曲。

只要不是为了取悦他人,才会活出自己;
只要不是为了取宠他人,才会活好自己。

既不责怪生活的偏见,也不奢求生活的偏爱;
踏实可靠,做靠实的自己即可;
诚实守信,做诚信的自己就好。

人生的课题之一,是面对困惑时如何不迷失自己;
人生的难题之一,是面对诱惑时怎样不走失自己。

面对命运的选择时，受限于人，永远做不回自己；

面对命运的挑战时，受制于人，永远做不好自己。

心中没有自己，很难找回自我；

心中只有自己，很难做好自我；

心中既装着自己，又想着他人，才是真实的自我。

知道自己能做什么和不能做什么，是可喜的成长；

知道自己该做什么和不该做什么，是可贵的成熟。

先认准自己，再审视别人，才不会错看；

先读懂自己，再揣度别人，才不会错怪。

自以为是，永远不会发现自己的不足；

自不量力，永远不会清醒自己的糊涂。

他人的信任，不光是只说在嘴上；
自我的信心，当然要表现为行动。

如果想赢得他人的信任，一定要清楚和认定自己是否有诚实守信的品行。

只有我们自己清醒时，才会判定他人是否明白；
只有我们自己愉悦时，才会判别他人是否快乐。

别人有别人的说法，但决不可因此而影响自己的想法；
别人有别人的看法，但决不可因此而改变自己的活法。

别人的批评只是旁观者的善意劝告，而真正可以自救自赎的是自我批评。

无论谁，既然选择了挑战和超越自我，就不要太在意他人莫名的争议，甚至无端的非议。

这个世界有太多的不同，也有太多的不易，更有太多的不测，所以每个人，唯一的使命是首先做好自己。

你没想过的，不等于别人也没想过；
别人做不到的，不能说明你也做不到。
既想过了，又做到了，这才是真正的自己。

有时感到失落，可能是因为自己还不够努力；
有时感到失意，可能是因为自己还不够争气。

谁想要有想象力，就一定要保护好自己的天性；
谁想要有创造力，就一定要守护好自己的个性。

如果自我是一种自私，我还是我吗？
如果自爱是一种自恋，爱还是爱吗？

道德审视

美德被欣赏
是因为有美妙的心境
美德被赞赏
是因为有美好的心灵

美德被欣赏,是因为有美妙的心境;
美德被赞赏,是因为有美好的心灵。

懂欣赏,是一种美德;
会欣赏,是一种修养;
在欣赏的同时能改善和提升自我的,是一种境界。

美景不能独赏,美味不能独尝,美誉不能独享;
美丽不能自诩,美言不能自欺,美德不能自毁。

爱和恨,有时是彼此的极端;
美和丑,有时是彼此的极致。

道德首先是用来审视自己的,然后才可以评判他人。

决不好高骛远,这是智者的智聪;
从不好大喜功,这是仁者的仁德。

才艺双全当然好,德才兼备更难得。否则,无才比无艺更让人惋惜,无德比无才更令人痛惜。

古语云:海纳百川,有容乃大。

其容,即荀子所言:知而能容愚,博而能容浅,粹而能容杂。

所以,宽容作为一种美德和智慧,远不止宽容本身。

谦虚为美,特别是对不如自己优秀的人;

谦敬是德,特别是对不如自己优越的人。

人生,偶尔失宠难免,但不管为何失宠,何时失宠,都不该失意,更不能失德。

礼仪讲究:礼貌是文明,礼俗是风气,礼让是品德,礼教是道义。

用尊重赢得尊严,是为人之道;

用信誉赢得信任,是处事之理。

真诚的人不仅真实,而且恪守诚信;

虚伪的人不仅虚荣,而且习惯伪装。

做人要讲诚实,只有诚实才会赢得诚信;
做事要讲信誉,只有信誉才会获得声誉。

俗话说:人性实,火性虚。

故真实和诚实是做人的根本,踏实和务实是做事的根本。

不自欺,是老实;
不欺人,是诚实;
既不自欺又不欺人是信实。

面对诚恳的批评,要懂得珍惜;
面对诚挚的建议,要学会珍重。

因为其背后,有的是关注,有的是关护,有的是关爱。

纯真不该玷污,那样有悖人性;
纯朴不该垢污,那样有辱人格。

对他人要学会尊重，当然更要懂得敬重。否则，有意轻视不好，而恣意鄙视就更加不仁。

有钱和值钱完全是两回事，因为真正值钱的并非钱本身，而恰恰是钱买不到的东西，诸如健康和幸福。

能挣钱，当然好；
会花钱，依然好；
如若能挣会花，自然好上加好。

背信笃定弃义，弃义难讲信义；
歪风亦是邪气，邪气有伤风气。

有多少平凡，总被庸俗的人误认为平淡；
有多少认真，却被庸碌的人错怪为较真。

虚荣的人重名声，故见鼓敲鼓，见钟敲钟；
虚伪的人轻名节，故不说人话，不办人事。

大小的学问：人不能小心眼，不然会心胸狭隘；

人要有大胸怀，才能够胸襟坦荡。

事有大小，情有薄厚，但为人处世，不强人所难是一种宽厚，能勉为其难的是一种仁慈。

无论蒙骗还是哄骗，欺骗所以可恶，是因为它总把诚实和善良作为对象。

当低智商与丑行集于一身时，必然可悲；
当高智商与恶行集于一身时，更加可恶。

面对是非，如果说是混淆还只是一种悲哀的话，那么颠倒则无疑是一种丑恶。

真心真意，假最不屑；
善作善为，恶最敌对；
美名美誉，丑最嫉妒。

求真，真充实心灵；
向善，善净化心灵，
尚美，美愉悦心灵。

真诚和善良是两个密友,善良和美德则同室而居。

真不包装,善不伪装,美不化装。

真不缺席,善不迟到,美便会随时随处大放异彩。

能识别真假的是聪明,
能辨别善恶的是聪慧,
能鉴别美丑的是聪颖。

生活求真,真是要信守的;
人生向善,善是要践行的;
生命尚美,美是要珍重的。

求真,真在内心珍藏就好;
向善,善在身边珍重就好。

向善不必强求,否则可能作秀;

求真无须刻意，否则可能作假。

真正的善念，不是同情心，而是同理心；
真正的善举，不是锦上添花，而是雪中送炭。

古语云：上善若水。
故向善，要善作善为；为善，须善始善终。

无论真心还是真情，一般都很随性；
无论假话还是假象，往往都太刻意。

谎言，都是假话，还包括大话、空话；而诚实则认为：与其假话变味，大话无味，空话乏味，还不如敞开心扉说真话，打开天窗说亮话。

谣言犹如瘟疫，而最有效的防治是装聋作哑，即不听、不信、不传。

假象所以可憎，是由于它专门蒙骗诚实的眼睛；
谎言所以可恶，是因为它专门欺骗诚信的心

灵。

俗话说,言为心声;当然,谎言也不例外。不同的是谎言居心叵测和别有用心而已。

慷慨陈词,如果言不由衷地说了一堆废话、假话,哪如言简意赅地说几句真话、实话,或者干脆沉默不语。

真话真说,其贵在诚实;
实事实办,其贵在诚信;
好人好做,其贵在诚心。

友好的话,一般是对朋友说的;
知心的话,大多是对知己说的。

说大话,不是大气量,故少说为佳;
说假话,纯属假正经,故最好不说。

说真话和撒谎的根本不同在于:真话说过可以随时忘记,而谎言一旦撒了则必须时刻“牢记”。

一再被骗是骗子可恶,而再三被骗则是自己可悲。

扬清必先激浊,然后方可清澈清澄;
扬善必先弃恶,然后方可善积善存。

对一个有情义的人而言,所有的感动都是温暖;
对一个讲品行的人而言,所有的感恩都是幸福。

真爱、向善、守孝,是真正的幸福;
少欲、不奢、无争,是真正的安乐。

善,不是单纯的理念,更主要的是一种修为。故择善要能动心,向善要有持心,施善要见真心。

善良,无论善心,还是善行,最终都会成为生命的口碑。

好人好事当然好，其好就好在：一是好人要好做，二是好事要做好。

与人为善，不仅要听其言，更应观其行；
遇事守善，不仅要讲修持，更得看修为。

好话所以好说，因为出于好心；
善事所以善为，因为源自善念。

人所以有良知，是因为心存善念；
人所以有善举，是因为情系良缘。

理解是一种友好，故可以将心比心；
宽容是一种友善，故能够以心换心。

吃了还想吃的是美味，看了还想看的是美景；
说了还应说的是善言，做了还应做的是善行。

褒贬他人难免，但用心要有善意；
褒奖他人难得，但用心要讲诚意。

懂得赞美当然好,但不可盲从;

学会批评更重要,但不该盲目。

因为,它们的前提是必须既入情入理,又通情达理。

人生向善,心里常想的固然好,真去做了的当然更好,而能持守并善始善终的诚然最好。

善行善为,贵在善始善终,不然,表现就会变成表演。

善与伪善的本质区别在于:前者情商高,后者智商低。

善和伪善其貌似相同,善和恶其行大不同,所以善和伪善永远貌合神离,善和恶则不会同德同心。

真善美和假恶丑针锋相对。所以,当人性一旦被扭曲,真就会变假;当心灵一旦被玷污,善就会变恶;当精神一旦被锈蚀,美就会变丑。

丑,只要不嫉妒美,就不会变得庸俗、世俗和俗不可耐。

经常出丑的人,十有七八是爱出风头的人,十有二三是爱抢镜头的人。

既然小人不做,庸人愧做,那就好人好做,善人善做。

一善不为,诸善无根;
一恶不戒,诸恶之源。

邪恶,成为一种心机时,还只是邪念,而当其一旦变得明目张胆时,则成为恶行。

古人云:三人行,必有我师。
其相师,应以不耻下问为道;
其为师,应以诲人不倦为德。

名师也好,大师也好,为师之道,名不贪大,大不图名。

既然是益友,对有些事就一定能理解,而不是误解;

既然是良师,对有些事就一定能宽容,而不会纵容。

亲朋,有不珍重离散的,所以抱憾终生;

师友,有不珍惜失散的,所以后悔莫及。

做事用心专注,则心不二用;

交友用心专诚,则心口如一。

常念旧情的人,可视为益友;

不忘感恩的人,可结为良缘。

以真心待人,才会广交朋友;

以诚意感人,才会深交益友。

良朋,能相守在你身边的是因有情真;

益友,能相契于你心灵的是因有情深。

要说性情，凡仗义执言的，志同者皆可为朋；
要论品格，凡诚实守信的，道合者皆可为友。

本性多疑的，很难有真朋友；
习性好嫉的，绝没有好朋友。

君子和小人的区别之一：
前者言必信，行必果；
后者言不实，行不端。

君子和小人的截然不同：
君子救人以急，小人乘人之危；
君子以德报怨，小人恩将仇报。

创造佳话和爱说假话的都是人，他们的根本不同是：前者是能人，后者是小人。

人与人之间，近者可以与之为朋，亲者可以与之为友，亲近者可以视为知己。

能看出你笑容中愁绪的，可谓好朋友；
能窥到你笑靥后伤情的，可谓真知己。

不广交，难以识别朋友和知己；
不深交，难以分辨君子和小人。

以怨报德，小人之举，怨则忘恩负义；
以德报怨，君子之道，德则成仁取义。

多疑的人，不可能朋友多；
诡异的人，不会有真朋友。

论人情，虚情不实，真情不假；
论友情，薄情难久，深情难忘。

真友情是两个人相处时，彼此在一如既往心甘接受对方的同时，还无怨无悔地情愿改变自己。

友情，只有珍视了才懂得珍惜；
友爱，只有珍重后才显得珍贵。

谦和是真性，
谦让是善为，
谦恭是美誉。

当别人被欣赏时，我们的最佳选择是把自己的事做好；

当别人被赞赏时，我们的最佳选择是把自己的路走好。

荣誉要爱惜，千万不能成为摆在架上的玩具；
声誉要珍惜，千万不能当作拿在手中的玩偶。

赞赏，越是吹得天花乱坠，越值得警惕；
赞誉，越是夸得光鲜亮丽，越值得怀疑。

得寸进尺，是不知进退，故进退自迷；
得陇望蜀，是不懂得失，故得失自惑。

便宜再小，也不该图谋，更不能贪占，否则，必将为之付出昂贵的代价。

人皆有名，但决不能为讨名声而毁了声誉，更不该为争名气而失了气节。

古人云：士虽有学，而行为本；
今人曰：名虽有归，而实为本。

哲理思辨

没有比想象
更浪漫的感受了
故诗人常沉醉其中
没有比思索
更美妙的享受了
故哲人往往沉湎其中

没有比想象更浪漫的感受了，
故诗人常沉醉其中；
没有比思索更美妙的享受了，
故哲人往往沉湎其中。

“我思故我在”，是哲人的名言。
其“我思”是一种心境，充满生机；
其“我在”是一种意境，充满禅机。

思索是心灵的烛照，故思索使人格完善，
思想是灵魂的向导，故思想使人性完美。

思想是心灵感悟的鲜花，
精神是灵魂智觉的硕果。

当思无所思、想无所想时，思想必然苍白；
当随有所思、随有所想时，思想才会鲜活。

思有所想是智，想有所思是觉——
思和想，有时是彼此的观照，有时是相互的启悟。

一个有思想的人，才会有思路；
一个有思路的人，才会有出路；
一个有出路的人，才会有出息。

以空谈为时尚，视奢谈为时髦，思想必然苍白、乏味和无聊。

真正的思想是会放飞的，而且从不会寂寞；
真正的思想者是会远行的，而且绝不会孤独。

对于一个思想者而言，孤寂与深刻，往往互为因果。

像飞鸟可以任由飞翔，思想一旦插上翅膀，可以无所不至。

思想，一旦被套上“枷锁”，或带上“镣铐”，就像折翅的鸟，永远不会高飞，更不可能远翔。

人生的随想如风，生命的所思似水；故思想者的情怀，时而是自在的风，时而是自为的水。

空谷幽兰，是一种奇美的画境；空谷绝响，是一种奇妙的意境。所以，空不是无，也绝非虚。

有荣必有枯，有枯才有荣，故花草树木的荣枯，既是彼此的因果，其实各自又都是季节亦浓亦淡的诗意。

山高人为峰——这是只有勇者成功登顶后才会有的真实景观和真情体悟。

当闲云从眼前飘过，当清风从身边吹过，我的人生随想和生命所思，在天地间悠游和远行。

若有所思，如花之芳香，弥漫在昼夜之间；
随心所语，似果之清香，飘溢在季节之外。

惯于沉默的人，欣赏善于沉思的人；
勤于思索的人，赞赏不懈求索的人。

一个有思想的人，自然是一个善思辨的人；
一个有创意的人，必然是一个敢创新的人。

有头脑和有思想是两回事，他们的区别在于；前者可能提出的问题多，后者则释疑的难题多。

有的疏忽，有时正是曾经深思熟虑时偶尔的疏漏；有的粗浅，有时正是曾经精心思考时偶尔的粗疏。这既是好学者珍视的教训，亦是善学者宝贵的经验。

当思无所思时，冥思往往会胡思；
当想无所想时，浮想往往是乱想。

认知，由无知而有知，由知少面知多，一步一个脚印；

认识，由知识而智识，由智识而智慧，一步一级台阶。

了然，是知其然；了悟，是知其所以然。所以，凡事不仅要顺其自然，更要然其自然。

说话是口头语言，文字是书面语言，肢体是行为语言，眼神是心灵语言——语言是最生动和丰富的思想。

把所见、所闻、所思、所悟说出来的只是随想，而只有把随想写成随笔式的文字后才是思想。

宇宙万物，各是各的自在；
人间万象，各有各的风采。

理顺的，则顺理成章，因为合情合理；
理直的，则理直气壮，因为入情入理。

事实所以胜于雄辩，其实雄辩不过是强词的狡辩和无理的诡辩。

理不直，气不壮，即使再会装腔作势和花言巧语，最后必然还是理屈词穷。

怎样分辨是非，首先要能够分清歪理和正理；

如何明辨对错，最终要能够明白小道理和大道理。

在是非难分、好坏莫辨的窘境中，保持沉默可谓是明智的选择之一。

理智自然好，可以使人保持清醒；但理性过了则会失之多虑，并因优柔寡断而错失良机。

看什么都不顺眼的，其实是心不顺；
想什么都不顺心的，其实是理不通。

胆有大小，事物的常理是胆小成不了大事，事物的悖论是胆大一旦妄为必败无疑。

欲望，用理性做笼头，用智性做缰绳，才不会脱缰，更不会撒野，以至最终迷途。

无论谁，也不管做什么事，都必须考虑是否合情、合理、合法，三者缺一不可。这其中，情一定要顺乎理，理一定要循乎法。

常怀感激之情，才有感念的情怀；
常怀感戴之心，才有感恩的心境。

知感恩，更懂报恩，自是有情之人；
懂包容，更知宽容，自是重义之人。

谁都会有情绪，当偶有冲动时，一定要牢牢掌控；
谁都会有情怀，当每有感动时，一定会念念不忘。

失落不失意，或许正是一种解脱；
失宠不失望，或许正是一种超脱。

人一定要心情好，不然一旦发火，情绪就会失控；
人更应该性情好，不然一旦发飙，行为就会失态。

一见如故，有情理之中的温馨；

久别重逢，有喜出望外的感动。

有时真情，是彼此在同甘中的乐于分享；
有时深情，是相互在共苦中的甘于分担。

心直口快可以说是率性，一般与情商高低无关；
口不择言不能说是率真，一定与智商高低相关。

生性不善言谈，可能因陌生而被疏忽；
习性口不择言，可能因粗俗而被厌恶。

个性，作为性格，有时是比学识更重要的特质；
天性，作为性情，有时是比智识更重要的气质。

气顺时，舒心到让人羡慕，是一种爽；
情痴时，开心到让人嫉妒，是一种酷。

同样的表情：
年轻人闭目，快慰的是为省悟人生；

老年人闭目,欣慰的是在怡养心神。

才情可痴,但痴不能迂,否则会失真;
才智宜趣,但趣不能怪,否则会变味。

说得动情,却言行不一,是华而不实;
说得动容,却言过其实,是哗众取宠。

有时空虚,是因为心无所属;
有时空幻,是因为情无所归。

太爱面子,有时适得其反,会更没面子;
太顾情面,有时物极必反,会不讲情面。

快乐的日子快乐过,那是乐活;
幸福的生活幸福过,那是福气。

所有美好的日子,都是有滋有味的,所以难忘;
所有幸福的日子,都是多姿多彩的,所以向往。

世上乐有种种:

诸如王者乐土，士者乐道；

诸如仁者乐山，智者乐水……

其乐，可以明心，可以益智，可以怡情，故何乐而不为！

仁者看山，心旷神怡；

智者观海，心潮澎湃；

故而真正坚实和壮美的则是胸中山水。

乐而忘忧，则忧不再愁，愁不再苦；

喜而却忧，则忧不再烦，烦不再恼。

乐而寿，是古人的养生之道；一笑去百忧，一笑解千愁，是古人的养生之谚。

所以，生性乐观本是一种福分，而拥有健康则是更大的幸福。

乐别人之乐，是分享，当享其所享；

忧别人之忧，是分担，当担其所担。

当痛是苦时，苦不觉苦才令人玩味；

当苦是痛时,痛不觉痛才耐人寻味。

所谓“痛快”,其意是因为有时乐在痛后,有时则又是痛并快乐着。

无论苦和乐,还是苦和甜,都是彼此的因果。故知识要苦学,功夫要苦练,心志要苦修……这样,方可乐在苦中,甜在苦后。

悲痛算什么,伤痛又算什么,对于一个善思者而言,痛定思痛后的获益则是对人生感知的颖悟。

古人云:知足常乐。

它的本意是:常知足,常快乐;

而它衍生的意思应该还有:谁知足,谁快乐;越知足,越快乐。

快乐的微笑,大多是一种表情;

幸福的微笑,更多是一种心境。

乐观者想:

有人对你生气，其实是另一种介意；
达观者想：
有人对你发火，其实是另一种在意。

乐观者，乐天乐地，乐人乐事，其乐无穷；
悲观者，悲日悲月，悲生悲死，其悲无休。

在痛苦的日子里能忍痛的，痛无所痛；
在艰苦的日子里能吃苦的，苦不觉苦。

人情无常情，时冷时暖，故冷暖自知释然就好；
世态无常态，或炎或凉，故炎凉自觉豁然就好。

人的情绪，既需要调适，更得能掌控。不然，快乐一旦失度，失控后会乐极生悲；娱乐一旦失控，失度后会乐不思蜀。

对有些人，寂寞本身并不痛苦；而真正的痛苦，是那些不甘寂寞又走不出寂寞阴影的人。

有一种人是死要面子，有一种人是不顾情

面——其实他们亵渎的恰恰都是被视为尊严的体面。

一个人真正的缺点，多数并非缺点本身，而是把缺点视为优点，并敝帚自珍。

面对困难，越是想逃避，困难就越是紧随；
身处危难，越是想逃离，危难就越是紧逼。

愿吃苦的，苦却不觉苦恼；
能耐劳的，劳而不觉劳累。

分别不过只是暂别，它让人期盼重聚；
暂别最好只是小别，它让人渴望惊喜。

快乐不能失度，不然就会失真；
娱乐不能失控，不然就会失调。

苦乐思量多了，哪还会有闲情；
荣辱考虑多了，哪还会有真情；
得失计较多了，哪还会有纯情。

谁都会有烦闷时，但只有抛之于脑后才会开心；

谁都会有苦闷时，但只要不放在心上才会快乐。

由于伤痛，有时欲哭无泪，是极度伤心所致；

由于悲痛，有时欲说无语，是极度伤情所致。

面对悲痛，智者和愚者的天壤之别：

前者痛定思痛，痛不再痛；

后者痛上加痛，痛不欲生。

乞求的悲哀之处在于：

如果一旦得不到，便会哀怨；

如果总是得不到，便会哀伤。

冷遇，是一种无辜，诸如：冷言难听，冷面孔难看；

冷漠，是一种无情，诸如：冷饭难吃，冷板凳难坐。

忍不能不容,但更需耐的坚持;
耐不能不受,故更需忍的坚守。

适度的闲,闲中有趣,而一旦太闲了,便会变得敏感和无聊。

当无聊与无奈直面时,无聊更觉无奈,无奈更显无聊。

沉默是金。为什么?因为有些话无知,说了反而显得幼稚;有些话无趣,说了反而显得乏味;有些话无聊,说了反而显得俗气。

哗众取宠的,一定华而不实;
宠辱不惊的,必定不辱使命。

事物的辩证有时是:
只有事前认知的求同存异,才可能有事后目标的殊途同归。

有的往事已然如风，想留是留不住的，因为时过境迁；

有些往事并不如烟，想忘是忘不掉的，因为岁月留痕。

人有亲疏，故有的事可以淡忘，有的事则不该遗忘；

事有对错，故有的人应该涵容，有的人则不能纵容。

无论做人还是做事，有潜力才会有实力，有能力才会有威力，有魄力才会有魅力。

不清晰的事物，通过审视可以认知；

不通晓的道理，经过思考可以明辨。

话可以说得响亮，但不能生硬；

事应该做得漂亮，但不可任性。

有的话该说还是不该说，有的事能做还是不能做，有时往往只是一时之间的一念之差。

既然是秉公办事，就必然会铁面无私；
既然是真情交友，就决不会铁石心肠。

准备做的事，要想好怎么做；
正在做的事，要想怎么做好；
曾经做过的事，要不留遗憾最好。

有真本事并能自勉，才是难求的真实力；
有真本领并能自强，才是难得的真魄力。

不经过，没有经验；
不经历，缺乏历练。
所以，成事必须经事，经事才有故事。

冷静之时宜谋事，
清醒之时宜议事，
笃定之时宜干事。

把应该做的事做到精致，是精彩，是别致；
把喜欢做的事做到雅致，是雅兴，是情致。

太难做的事，如果真的做成了，才有意义；
必须做的事，如果真的做好了，更有价值。

有真知灼见者，干事从不碰运气；
有远见卓识者，遇事总有好运气。

事有难易，而凡事从不言弃的，谓之敢作为；
事无巨细，而凡事从不懈怠的，谓之有担当。

谋事而不懂双赢，事后必然追悔；
干事却两败俱伤，事后追悔莫及。

重要的事情很多，尽量做好能做的；
关键的事情有限，必须做好该做的。

谋事，能一箭双雕的，最多只是胜算；
成事，能一石三鸟的，才是真正赢家。

“分内事”要用心，因为必须做好；
“分外事”要关注，因为不该无视。

单纯,有时是做喜欢做的事,所以快乐自在其中;

幼稚,有时会做不该做的事,所以难免自讨苦吃。

做事有时要趁势,但决不可虚张声势;

成事有时要扬威,但决不能狐假虎威。

谋事,只想巧干,但用力不济,只会事倍功半;

遇事,一味蛮干,但发力不当,则会前功尽弃。

对有些事情不理不睬,多是不以为然;

对有的事情说长道短,又容易想当然。

遇事,不太在意不对,容易疏忽;

对事,太刻意了也错,容易偏执。

遇事,无故推诿的,会错失机缘;

办事,有意拖沓的,会错失机遇。

做事敷衍，出一分力的，只能有一分的成效；
办事认真，尽十分力的，才会有十分的回报。

遇事，纠结不好，轻则烦心，重则伤神；
处事，纠缠更糟，轻则犯傻，重则发愣。

有些事，既然别人已无诚意，你又何必在意；
有些事，既然别人已无真情，你又何必动情。

无缘无故，却无端的猜疑，故难以成事；
无怨无冤，却无休的猜妒，故必然伤人。

有的好人好事，一旦错过了，便是无缘；
有些善言善行，真的遇到了，则是有幸。

好话说多了，有人会辨识真假，所以好话要说好；
好事做多了，有人会揣度虚实，所以好事要做好。

一再重复别人说过的话，说明没有本事；

再三篡改别人说过的话，则是没事找事。

胆小一般怕事，故成事不足；
胆大一旦妄为，则败事有余。

干，与其盲目蛮干，还不如不干；
想，与其胡思乱想，还不如不想。
所以，凡事想清楚和想透彻后再干，才可能有为和有成。

敷衍了事当然不好，一事无成则更糟糕，而世事难料，故凡事无不事在人为，更何况好事多磨。

信誓旦旦的大话少说为佳，
细水长流的好事多做最好。

话说得漂亮，事不一定做得真漂亮；
事做得漂亮，话用不着说得太漂亮。

有些话，是否真实可信，必须亲耳聆听；
有些事，是否真实可靠，必须亲眼目睹。

事有大小，以小见大，小不再是小；
物有多少，积少成多，少不能说少。

做事，能分辨轻重缓急；
做人，能明辨是非曲直。
如此，则无论是谁，亦无论何时，都必然会通情达理。

事有大有小，真心能理解的，则可就事论事，事过境迁，本性能包容的，则会大事化小，小事化了。

事无关大小，只要不真实的，都不可信；
人不论亲疏，只要不诚信的，都不可交。

做事，争强好胜者，易自受其损；
做人，争名夺利者，必自取其辱。

做事，不能总是一筹莫展；
做人，不能总是一塌糊涂。

做事，偶尔犯傻，不过是一时糊涂而已；
做人，切忌犯贱，即使一次也是人格的卑微。

说事，就事论事，当无可厚非；
论人，因人废言，是混淆是非。

处事，说得好听，不如做得有样；
为人，做得有样，不如做得像样。

与事，如果不曾错失，就不会追悔；
与人，如果不曾误伤，更无须忏悔。

做事要认真，这样无论遇到什么困难，依然会较真；

做人要率真，这样无论遇到什么困惑，都不会失真。

做事，为了高调而恣意高调，绝对庸俗；
做人，为了低调而刻意低调，难以脱俗。

做平常人，不抢风头，方可因安心而安乐；

做寻常事,不玩噱头,方可因安分而安生。

做事不易,但能依特色做事的,其事业才会起色;

做人更难,但能按本色做人的,其人生才会出色。

无论何时,遇事不知进退,肯定是智商低;

无论是谁,处人不识好歹,肯定是情商低。

无论与事还是对人,了然聪颖即可,了悟则必须聪慧。

为人,诚实令人诚服;

处事,诚信令人信服。

与人,有时较真,可以说在嘴上;

遇事,一旦较劲,必须身体力行。

与人,凡斤斤计较的,是缺心眼儿;

与事,凡斤斤计较的,是小心眼儿;

与理,凡斤斤计较的,是死心眼儿。

做人,只有不混淆是非,才会公正;
做事,只要不颠倒黑白,才会清正。

做人不怕吃苦,才会苦尽甘自来;
做事不怕受累,才会累并快乐着。

低调做人,高调做事,往往被赞赏;但只有把握的好,无论高低,才不会离谱。

真正的成功,是成功后的瞬间释然;
最大的失败,是失败后的难以释怀。

胜不骄,虽胜却只是自慰;
败不馁,虽败则不忘自砺。

千钧一发,有时成功在此一举;
功亏一篑,有时成功只差一步。

别人的故事,无论情节,还是细节,会引人深思；

自己的故事，无论成功，还是失误，则发人深省。

哲人说：失败是成功之母。

故勇者说：因为失败，所以变得顽强；

而志者说：为了成功，必须重拾希望。

面对失败，有一种欣喜是转败为胜，有一种欣慰是虽败犹荣；

面对成功，有一种不堪是好大喜功，有一种不齿是贪天之功。

面对他人的成功，自知失落的人，岂止仅是一种无为；

面对他人的失败，只知奚落的人，岂止仅是一种无聊。

守株待兔和蓄势待发是完全不同的两种人生态度，故它们的成败得失也截然相反。

再成功的经历也曾有失败，而智慧的人生则能变失败为成功之母。

俗话说：“吃一堑，长一智。”所以，智者的成功有的正是从失败中华丽转身后实现的。

是否认可一个人的成长经历，很快可以得出结论；

是否认同一个人的成功经验，一时难以给出定论。

只要有成长，就会有成熟；只要有成熟，总会有成功；怕的是在前行的路上一再偏离方向，甚至转向。

有的遗忘，当然使人感到遗憾；

有时健忘，反而使人获得健康。

让人成长的，一般是那些呻吟的疼痛；

让人成熟的，有时是那些隐忍的伤痛。

有一种成长，是水到渠成，让人诚服；
有一种成功，是天道酬勤，让人折服。

一般怕失败是不可能成功的，因为丧失了斗志和信心，当然想成功也不一定成功，关键看是否足够顽强和坚韧。

万无一失很难有惊人的成功，因为惊喜与惊险往往如影随形。

如果说苦难是所学校，那么磨难会让人成长，艰难会让人成熟，而危难则让人成功。

只有在成长经历中饱尝过痛苦的，成功后才会有痛快的酣畅淋漓。

当你一再成功后，要坦然面对的是：多数人羡慕，少数人嫉妒，个别人恨。

真正的成功，不只是简单的衣食无忧，更不是所谓的名利双收，而是在追求理想的路上不断地挑战和超越自我。

平步青云是幻想,一步登天是妄想,而脚踏实地,并且一步一个脚印,才是迈向成功之路最切实际的想望。

懒惰是不该睡时却还在做梦,并长梦不醒;勤奋是应该醒时却已然上路,并一路远行。

一个成功者的人生轨迹大体是:开始是从别人的路上走过,而最终则是走在自己的路上。

如果说骄傲只会使人落后,那么骄纵则会让人失败;

如果说谦虚可以使人进步,那么谦卑则会让人成功。

对有胆有识的人而言,离成功不再遥不可及;

对有作有为的人而言,离成功不过一步之遥。

成功有多种:

有的如铁杵成针，其凭得是坚毅；
有的似水滴石穿，其靠的是柔韧。

善于抓住机遇的，只会有小成功；
敢于挑战命运的，才会是大赢家。

最大的不耻，是以耻为荣；
最大的不败，是虽败犹荣。

有些失误，是由于自恃清高而咎由自取；
有的失败，是由于自命不凡而作法自毙。

把失败只当结果而不反思的人，所以屡战屡败，最终一败涂地；

把失败权当过程而能反省的人，则会屡败屡战，常常反败为胜。

真正的失败不是失败本身，而是当事者面对失败的态度，所以才有一败涂地和反败为胜的截然不同。

空，有时是虚，虚与实，相反相成；
空，有时是无，无与有，相伴相生；
空，有时是灵，灵与悟，相依相存。

长远是多远，谁能说得准，而永远则要多远有多远；
长久有多久，谁能说得清，而永久则要多久有多久。

会说的不如会听的，会听为聪；
会听的不如会悟的，会悟为觉。

熟悉的不一定熟知，
熟知的不一定真知，
而只有真知才会有灼见。

即使是智者，当选择太多时，也会一下无所适从；
只要是志者，当别无选择时，反而能够镇定从容。

能把危机变为转机的是勇者，
能把转机变为生机的是智者。

勇者，该拿得起时拿得起；
智者，该放得下时放得下。
故智勇双全，才会拥有成功的人生。

临危不惧，能转危为安的是勇者；
功败垂成，能反败为胜的是强者。

智勇双全的人，不管走在什么路上，都会一往无前，也不管遇上什么艰难，都会无往不胜。

勇者乘势而为，可以势不可挡；
智者顺势而为，可以蓄势待发。

志者的心中，从来不会没有目标；
庸者的心里，更多时候只有目的。

何谓好男儿，因为志在四方；
何谓真男儿，因为志在必得。

要成高人，智商和情商缺一不可；
想成大事，胆略和谋略缺一不可。

坎坷和曲折，是对志者最通常的历练；
艰险和危难，是对强者最严酷的考验。

有自信，并自强不息，方可有所作为；
能自强，并奋发图强，方可大有作为。

自强，才会变得强大；
顽强，才会变得强劲；
坚强，才会变得强悍。

真正的努力，不只是量力而行，而应该竭尽全力；
真正的奋力，不只是尽力而为，而应该不遗余力。

由于坚强而顽强，没有克服不了的困难；
由于勇敢而果敢，没有闯不过去的难关。

弱者,要么软弱,要么懦弱;
示弱,要么弱势,要么弱智。

所以,要想由弱变强,就必须奋发图强和自强不息。

真正的智慧是:
不仅要明白是,更要懂得明辨是非;
不仅要知道对,更要懂得明析对错。

以己之短妒人之长的,是短识;
以己之愚妒人之智的,是愚昧。

机智幽默是一种情调,亦是一种谐趣,而不是油嘴滑舌,更非油头滑脑。

在娱乐和愚乐之间,我们会发现雅和俗截然不同的情趣和品味。

慌乱,一般越慌越乱,乱中必然出错;
忙乱,有的忙而不乱,忙里偶尔得闲。

能把粪土变成金的是志者，
能视黄金如粪土的是智者。

得与失，输与赢，其实都不绝对，相反往往彼此互为因果。故悟到了也就看淡了，看淡了也就释然了。

大凡错失，如果是第一次，可能说偶然，如果是第二次，可以说巧合，如果再三再四呢，那一定是必然。

俗话说：大树底下好乘凉；而事物的悖论是：同时失去的却是头顶的大片蓝天。

得失的悖论：
有些失去，是在不该得到的时候；
有些得到，是在甘愿失去的时候。

得失有时互为因果，故一时失去而不失望，偶然失去而不失意，相反只要还充满自信并决不言弃，则会失而复得。

得失本寻常，但于得失之间，可观人生百态；成败亦无常，但于成败之间，可窥人间万象。

太过计较的人，要么得到的同时也在失去，要么得到之后可能失去得更多。

得失寻常事，故面对得失而能怀平常心的，便不会自寻烦恼和自讨无趣。

有一种庆幸，是失去了应该失去的；
有一种不幸，是得到了不该得到的。

一再失去，让人悔悟到，曾经什么该珍惜；
失而复得，让人顿悟到，当下什么最珍贵。

强者越是强势时，越不可逞强，才会自强不息；
弱者越是弱势时，越不甘示弱，方可由弱变强。

从不说软话不等于强势，人生的经验是：能以柔克刚有时是另一种强劲。

顺势而为要趁势，但趁势不能虚张声势；
逆势而上要乘势，但乘势必须审时度势。

因势利导者，可以审时度势而后势在必得；
蓄势待发者，不可装腔作势而后势无所依。

审时如若失察，有的是由于不明真相；
度势如若失策，有的是因为不识时务。

进可攻，是常理，但最好能攻其不备；
退可守，有道理，但最好能以守为攻。

知难而进之时，当进不进是自毁前途；
以退为进之时，当退不退是自绝后路。

为了以屈求伸，我们有时不得不屈就；
为了以退为进，我们有时不得不退避。

该进时能进、敢进，进一步前程似锦；

该退时知退、善退，退一步海阔天空。

进还是退，有时是等不得，不然会错失良机；
退还是进，有时又急不得，不然会欲速不达。
故进退张弛有度，则是人生智慧。

眼明可以观六路，所以从不盲目；
耳聪可以听八方，所以从不盲从。

盲目时，人是盲从的；
盲从时，人是盲动的；
无论盲从还是盲动，人又都是茫然的。

美景秀色不知赏，是盲于目；
良师益友不能识，是盲于心。

奢望是什么？是期望却一直失望；
绝望是什么？是奢望却最终无望。

有的愿望如果没有如愿实现，说明其可能原本就是奢望，所以大可不必追悔和失望。

被人赏识,只是一种有幸;
被人需要,才是真的幸福。

与其自我陶醉,并因陶醉而迷醉,远不如赞赏他人,并因赞赏而被欣赏。

当你还不懂欣赏他人时,就不要轻易奢求他人的喜欢,否则只会自寻烦恼和自讨无趣。

喜欢或欣赏一个人,既可以是因为外在,诸如形象和性格,更应该是由于内在,诸如气质和品格。

渴求完美,有一种境界是由于不断追求完善而走近完美,另一种境况是由于一味奢求完美而离完美更远。

古人云:人无远虑,必有近忧,所以要有深谋;
俗话说:大处着眼,小处入手,所以要重细节。

有骨气的人,遇难事决不委曲求全;

有气节的人，处俗世决不同流合污。

要想有强大的掌控能力，首先要有超强的自控能力；

要想有强劲的驾驭能力，首先要有更强的自驭能力。

对有的人，知人当然重要，因为知人才能善任；

对所有人，自知更为重要，因为只有自知才能自明。

愚者所以愚，是因为对“大智若愚”一无所知；

智者所以智，是由于对“难得糊涂”大彻大悟。

有人说吃亏是福，有人说心安是福，而智者的领悟是：“吃亏”和“心安”，正是福至的因果。

赢要赢得让他人无语，才会真服气；

输要输得让自己无憾，才会不懈气。

攻和防的悖论：一般而言，强攻才是最好的防守;有的时候,严防则无异于以守为攻。

进可攻,一般没错,但盲目冒进则是失策;
退可守,有时不错,而以退为进则是策略。

德高望重,众望所归当然好,但切不可曲高和寡;
深思熟虑,深谋远虑当然好,但决不能高深莫测。

善思者,三思而行,故置疑时可以当机立断;
慎思者,且思且行,故质疑时可以随机应变。

慎思要能不拘,否则难免优柔寡断;
多虑要能不过,否则难除焦躁不安。

被人嫉妒无损自尊,故大可不必在意;
嫉妒他人有伤尊严,故必须格外介意。

一时失落无妨,只要能不失意就好;
偶尔失意不怕,只要能不失态就好。

身处困境，愚者往往一筹莫展；
面对厄运，智者却能运筹帷幄。

困难重重，但它教我们明白了什么是意志的坚定不移；
危难重重，但它教我们懂得了什么是毅力的坚韧不拔。

真正的危难并非危难本身，而是面对危难束手无策；
真正的厄运并非厄运本身，而是面对厄运坐以待毙。

有时费尽心思之后，才明白了求人不如求己；
有时用尽心机之前，并不懂得人算不如天算。

抉择，能当机立断者，谓之果断；
决断，能当仁不让者，谓之果敢。

执着作为一种品质，是一种正能量；但一旦失度，执着成为执拗，便走向它的反面。

永不言弃，才可能弃旧图新；
永不言败，才可能转败为胜。

谦虚当然好，但不能过头，不然反而会显得虚伪；
谦卑也不错，但不能失度，不然反而会显得卑微。

明白有时是：当你拥有的时候，知道还缺少什么；
明智有时是：当你失去的时候，知道还拥有什么。

有时怎么想不重要，重要的是怎么说；
有时怎么说不重要，重要的是怎么做；
有时怎么做不重要，重要的是做得怎样。

心灵的孤寂，有时是在闹市喧嚣中的孤戚无奈；

精神的落寞，有时是在繁华浮躁中的落魄无助。

看别人不顺眼，有时是由于自己心不顺，所以这时要改变和调适的恰恰应该是自我的心情、心态或心境。

有人活得不顺心，是因为不懂顺其自然；有人活得太任性，是由于不知任重道远。

有时我们想问题所以不清，看问题所以不准，是因为既没有自己的头脑，又戴的是别人的有色眼镜。

有时认真不被认可，是因为还没有把责任和担当完全当真，当然更没有较真。

与多比，比上越比越不足，结果自讨无趣；
与少比，比下越比越富足，结果自得其乐。

能者多劳无妨，怕就怕劳而无功；

多劳多得应该，怕就怕不劳而获。

小不渺小，一旦站在大的肩上，立马就变得拔尖儿。

小聪明，永远不会太精明；

太聪明，可能反被聪明误。

心有所望，但希望从不奢望，失望从不绝望，望才有望；

心有所求，但追求从不乞求，渴求从不哀求，求才可求。

朴者真，真者实，只有朴实的纯真，才会有善良的心地和美好的心灵。

心明者眼亮，故可以无所不见，但无论再多亮，其唯一也是最大的缺憾则是对自己见无所见。

自以为大，所以高高在上，结果只会无奈尴尬。

自以为是，自鸣得意，自命不凡——自满必然遭损；

反躬自省，师心自用，洁身自好——自谦必然受益。

自作聪明，是最愚昧的蠢；
自以为是，是最骄纵的傲；
自取其辱，是最悲郁的惨。

不自重者自轻，自轻者自蔑；
不自信者自卑，自卑者自贱。

只知随声附和的，难有远见；
只会人云亦云的，难有卓识。

有的人一无所知，是因为一窍不通；
有的人不懂装懂，是因为似懂非懂。

人所以可爱，有时是由于自信；
人所以可敬，有时是由于自尊；
人所以可赞，有时是由于自强。

伤痛能算什么，对善于思考的人，痛定思痛后则沉淀为思想；

悲伤又算什么，对善于感知的人，悲喜交集时则智化为感悟。

做人谦和，和睦必然和谐；

做事平和，和气自然和顺。

人不可能不操心，但操心多了难免劳心；

人不可能不劳神，但劳神过了必然伤神。

故心神若要安宁，就必须沉浸于心旷神怡之境。

惯于自夸的人，在明眼人心里的认知，其实是夸张了的自贬，久了还可能自毁。

能力也好，能耐也好，不过是能其所能，故不遗余力就好；

能人也好，能手也好，绝非是无所不能，故力所能及就好。

要想站得稳，就得立定脚跟；
要想走得正，就得抬头挺胸。

奇妙的想象力，决非胡思乱想；
惊奇的创造力，更非粗制滥造。

事物的悖论：
正因为不确认，才有更多的可能性；
正因为不确定，才有更多的可塑性。

有人忙活，只要能快快活活，再忙也不会白忙；
有人忙碌，如果是庸庸碌碌，再忙也只是瞎忙。

贫而不贱，再贫再穷也只是一时的；
寒而不酸，但寒再苦也只是暂时的。

熟能生巧，只是匠人；
熟而后生，才是匠心。

面对世故而不世俗，是入世的成熟；

面对世俗而能脱俗,是避世的城府。

教训,只有铭心的才会牢记;
耻辱,只有刻骨的才会不忘。

身前的影子和背后的阳光,你更在乎谁?
理性和睿智的回答是:它们是彼此的因果,忽视了谁都是幼稚。

笑面虎的诡异:怎么花哨怎么笑;
马屁精的诡诈:怎么舒服怎么拍。

有的人总是背着光,有的人喜欢面对光,有的人本身就是一束光——其实这正是人与人之间的一种差异。

古语云:鱼与熊掌,不可兼得。而几千年来,在这道选择题面前患得患失或顾此失彼的大有人在。

俗话说:响鼓不用重锤敲。但再响的鼓,如果不敲,也只是陈设而已。

推开窗,放眼才见天地广阔;
走出家,放足才见风光无限。

小鞋不好穿,一旦穿上,很难再正常走路;
高帽不宜戴,一旦戴上,必然会有损形象。

锁对门的承诺,是不擅离职守;
钥匙对锁的承诺,是忠于操守。

有人手里撑着一把伞,有人手里捧着一束花;如果问哪个画面更美,关键看是谁和为谁。

俗话说:良药苦口利于病。所谓良苦用心,这是最好的诠释。

古诗有云:不识庐山真面目,因为当局者迷;
古语有云:登泰山而小天下,因为高瞻远瞩。

能画龙点睛的是高明,
总画蛇添足的是愚蠢,

画虎反类犬的是拙笨。

天马行空，不着边际，不接地气，即使再美好的幻想，也都是泡影而已。

好坏不辨，所以才会鱼目混珠；
优劣不论，所以才会滥竽充数。

没有歪，显示不出正的凛然，诸如歪风和正气；
没有孬，显示不出好的迥然，诸如孬种和好汉。

不正是歪：
眼变歪的，必然看错人；
嘴变歪的，必然念错经；
脚变歪的，必然走错路。

巧和拙，看似对立，而事实是：既可以“大巧若拙”，又可能“弄巧成拙”，真可谓耐人寻味！

没有自知之明，故固执己见是难却的顽疾；
不善自圆其说，故自欺欺人是难医的诟病。

事实有意被曲解，解释是妄图掩饰，掩饰是企图掩盖，这样不仅丢了面子，而且还会自取其辱。

在功利面前——
贪天之功的易遭遣，
居功自傲的易遭辱，
好大喜功的易遭困，
急功近利的易遭损。

无知本身并不可怕，可怕的是明知无知而不耻于无知；

幼稚本身并不可悲，可悲的是明知幼稚而不屑于幼稚。

无奈时，无言是一种冷淡；
无辜时，无视是一种冷漠。

并不是所有的低就都是卑微，要看对谁；
并不是所有的高就都是显贵，要看是谁。

冲动，是一种幼稚，更是一种肤浅。所以，如果说冲动是魔鬼的话，那么一味冲动必然会魔鬼缠身。

正像冲击也是一种刺激，娇宠亦是一种放纵。

同样是“惊”，其若是惊吓、惊恐，有惊无险才好；其若是惊奇、惊喜，一鸣惊人最好。

玩笑，随意开不得，一旦玩成笑柄，不仅不能讨趣，反而更加无聊和尴尬。

龇牙咧嘴的不是和颜，所以难以亲近；
横眉怒目的没有悦色，所以不会亲切。

有的笑话引人傻笑，有的笑话令人思考；前者只有滑稽，后者不乏幽默。

没有幽默的文化无趣，没有幽默的思想乏味，谁说幽默的必然滑稽。

被人欣赏的艺术自然值得珍爱，
被人珍爱的艺术必然值得珍藏。

因为错，所以误过；因为错，也曾失过。所以，一旦有错，须知错必改，绝不该因一错再错而错上加错。

此收拾残局更难的是重拾自信，而且二者又恰恰是彼此的因果。

不该错过的一经错过，便不再重现；
不该错失的一旦错失，便难再重拾。

假话虽然好听，却是专门说给虚荣听的；
大话固然动听，则是专门说给虚伪听的。

永远对最后说："最后的话到最后才能说"；
最后对永远说："永远的话永远也不能说"。

漫漫人生旅途，有必由之路，亦有必经之路。所以，上路前找准自身坐标和起步时选对前行方向同等重要。

路漫漫其修远，故只有不弃和勇于求索，才会承上启下，甚至后来居上。

千里之行，始于足下。故举足轻重，有时说的正是这关键的第一步。

志在四方，所以好男儿一路留下的足迹，有许多会成为后来者前行的路标。

希望之路，当然路在脚下，但怕得是误入迷途；
成功之路，自然路在前方，但怕得是背道而驰。

一路同行，暂时走在前面的，谨防自在得意；
一路远行，暂时落在后面的，决不自甘放弃。

目标不变，方向不改，成功就在前方；
追求不懈，拼搏不止，成功就在路上。

所以一路同行，一定是志同道合；

所以分道扬镳，未必是人各有志。

总是看天或只顾看地，路都不会走得太快，有时甚至会迷失方向。

古人云：千里之行，始于足下。故由渐行而远行，其渐行靠的是脚踏实地，其远行怕的是半途而废。

潇洒上路，前行一定要选准方向；
风雨无阻，远行一定要看清目标。

路在脚下，一路前行使长长的路越走越短；
路在前方，一路畅行使窄窄的路越走越宽。

一路前行而无路可走时，原地踏步不可取，原路返回不可为，而只有另辟蹊径或峰回路转后，才会继续远行。

一般而言，只要前行，走弯路是每个人都会有的经历，其不同的是，各自所走弯路的时段和时长不同而已。

有一种奢望是:在弯路上绕行时,却煞费苦心和费尽心机地想寻找捷径。

前行,在曲折坎坷的路上,困难考验的是人的意志;

远行,在跋涉攀登的途中,艰险考验的是人的胆识。

前行,别停得太久,该出发时马上出发;

远行,别走得太慢,该抵达时尽快抵达。

好走的路看似好走,但真正走好并非易事;难走的路当然难走,但越难越敢走的才会由难变易。

无路可退时,才可能前途光明,但必须勇往直前;

逆势而上时,才可能前程似锦,但必须一往无前。

有时我们止步不前，是沟和河的阻隔，所以在一定意义上，桥是最近也是更远的路。

隔河相望彼岸的人，大多数想到的是船，而能想到桥的绝对是少数。

所谓门槛，门是要穿越的，坎是要跨越的。故前行时每过一道门槛，人生便离目标又靠近一步。

一般而言，人生总有迷路的时候，而能迷而不失的是难得的清醒，能迷途知返的则是可喜的觉醒。

真正的追梦的人，美梦不会只藏在梦中，而是梦醒后在追求的路上一路远行。

盲目是：只知上路，不知目标；
盲从是：只知赶路，不辨方向。

生性盲目，在误导的岔路上只会越走越偏；
任性盲从，在误入的歧路上又会越走越远。

面对困惑，有的无奈只是一种悲悯；
身处困境，有些示弱则是一种悲哀。

困难是坎，艰难是沟，该迈的迈过，该跨的跨过，于是脚下便是坦途，眼前才现美景。

道，作为路，都是走出来的；
道，作为理，则是悟明白的。

年轻时上路，勇往直前，故前途无量；
中年时赶路，一往无前，故前程似锦。

只有当撇是山脊、捺是山梁时，“人”才会有天地可鉴的口碑。

一人为大，大智若愚；
二人为天，天道酬勤；
三人为众，众志成城。

趣味，可以表明一个人的情调；

韵味，可以显现一个人的情致；
品味，可以鉴证一个人的情操。

如果有人说你不够完美，不要太在意，因为没有完美；

如果有人说你不是最美，不要不服气，因为只有更美。

做清白人，就要有清醒的头脑；
说明白话，就要有明晰的思维。

做明白人，面对是非，该纠的纠正，该改的改过；

做清白人，面对得失，该舍的舍弃，该放的放下。

人若自尊，是人格的尊贵，令人钦佩；
人若自卑，是人性的悲戚，令人痛惜。

人只能是人，因为装不了神；
人必须是人，因为弄不得鬼。

人所以要勤于思索,因为世上从来没有一成不变的事理;

人所以要勇于探索,因为世上从来没有一成不变的事物。

有的人,对眼前看到的感兴趣;

有的人,对手里拿着的有感觉;

而更多的人则是,对心里珍藏的难割舍。

有些人,像自然风光,让记忆怀想;

有些人,像岁月风华,让回忆收藏。

做人有道——

超人难做,能人争做;

庸人愧做,小人不做;

好人好做,善人善做。

所谓人各有志,诸如:有人愿做一堵墙,有人想做墙上的一扇窗,有人要做照进窗里的一束光……

俗话说:真人不露相。所以,真正的聪明,从不会自作多情;真正的精明,更不会自以为是。

一般情况下,起码要做个有正气的人;
紧要关头时,则必须做个讲正义的人。

自我的信心,靠信念才能持守;
他人的信任,靠信誉才能获得。

能够痛定思痛的人,决不会痛不欲生;
能够以变应变的人,才可以处变不惊。

明白,是待人接物心中自有理数;
明智,是待人接物胸中自有尺度。

与人沟通,能把严肃的话,说得让人感到轻松和幽默,既要有智商,更得有情商。

胸襟开阔的人,才会有常人难有的宽解;
眼光远大的人,才会有常人没有的见解。

一个人独处不语,最妙的意趣是独自想象;
两个人相视无语,最美的意境是相互欣赏。

话里有话,知道说该说的话,是聪明人;
就事论事,清楚做该做的事,是精明人。

人若自尊,是人格的尊贵;
人若自卑,是人性的卑微。

人各有志,道各有谋,如果志不同道不合,必然分道扬镳。

有的人心气不高,是因为缺乏勇气;
有的人底气不足,是因为缺乏志气。

俗话说:好男儿志在四方。所以,志者的成功之路,有许多是殊途同归。

勇者有时孤注一掷,彰显出的是英气;
愚者有时一意孤行,表现出的是呆气。

重压之下,志者的意志才更加坚定;
重挫之后,勇者的勇气才更加骁悍。

谁能特立独行,谁就会彰显更多的天性和个性;
谁想独树一帜,谁就必须有更大的志气和勇气。

怀大志者,有大气度;
创大业者,有大志向;
成大器者,有大襟怀。

只有出于公心,才会大公无私,公而忘私;
只图一己之利,必然营私舞弊,假公济私。

贫而不贱,可贵;
微而不卑,可敬。
故古今多少贤者自贤,仁者自仁。

力不从心时,量力而行即可;
力所能及时,尽力而为方可。

一目可以了然，不仅因为眼明，更是由于心亮；
一手难以遮天，既因为手太小，更由于天太大。

人无完人，故各有长短。但无论谁都不该忽视的是：在扬长的同时要注意避短，在取长的同时要注重补短。

不屑用心思维的是庸人，不肯动脑思维的是懒汉。所以有什么样的思维习惯，就有什么样的生命质量。

不按常理做事的人，不会出息；
全按常理做事的人，难以出彩。

没有什么比愚者对智者的愚见更愚昧的了，
没有什么比弱者对强者的示弱更懦弱的了。

太过自信的人一旦被质疑，
太过自尊的人一旦被质疑，
都可能走向它们的反面——要么自悲，要么自卑。

人可能穷,志不可短,短则难有志气;
心可以高,气不可傲,傲则有损气度。

当我们欣赏一个人时,如果只挂在嘴上,那是浅薄;
当我们厌恶一个人时,如果总记在心里,那是刻薄。

有的人真傻,傻得让人无奈;
有的人犯傻,傻得让人发笑;
有的人装傻,傻得让人蔑视。

有时我们理解他人,是因理智而善解;
有时我们误解他人,是因误会而曲解。

有时自欺者欺人,怎么说都不该;
有时欺人者被欺,只能说是活该。

有时自欺者自取其辱,是因为太虚荣;

有时欺人者欺辱他人,是由于太无情。

有人好发火,是气急狂躁,故容易伤情;
有人爱发飙,是气盛狂傲,故容易伤神。

无牵无挂的人,自然是无烦无恼;
没心没肺的人,必然是没头没脑。

损人利己,是人格的失操;
损人害己,是做人的失败。

对自己,不轻易发誓,誓言不能实现,便是自欺;

对他人,不轻易承诺,诺言不能兑现,便是欺人。

害怕结束的人,永远不会有真正的开始;
害怕失败的人,永远不会有真正的成功。

有头脑的人问题多,有思想的人难题多,他们的区别在于:问题只是疑问,故容易解疑;而难题则是疑惑,故难以释惑。

人不识羞,却总把自己当葱的,是为了在需要时装象;

人不识趣,却总把自己当角的,是准备在必要时扮相。

孩子撒娇,谁看了谁都会说可爱;

大人撒谎,谁听了谁都会说可恶。

过分骄纵的人,一般而言,内心深处一定有比常人更脆弱的软肋。

伟人是历史历久的里程碑,偶像是时代时尚的风向标,它们的截然不同在于:前者无不名垂千古,后者大多昙花一现。

人才,讲究不拘一格。诸如:歪才不歪,可能是怪才;怪才不怪,可能是奇才。

个性是生命的亮色,它在人才的成长中有时是比智慧还重要的素质。

怪才和鬼才，其中不乏奇才，故多奇思妙想；
全才和通才，大多不愧英才，故有雄才大略。

有真才实学的人，才会虚怀若谷；
有真知灼见的人，决不故弄玄虚。

若论造诣，天才与人才相较，自然各有所指；
若论创造，能人和常人相比，当然各有所为。

所谓怀才不遇，就一般而言，要么怀得不是真才，要么是还没有遇到真伯乐。

俗话说，人才难得。所以，对人才的敬重，是指对人才的崇敬；对人才的器重，是指对人才的重用。

真有才情和确有才气的人都总是率真的，前者决不虚伪，后者决不虚荣。

面对一般疑虑，优秀的人才总有解决的办法；

面对重大疑惑,卓越的人才总有破解的方法。

人才是拔尖的好,技能是顶尖的好,故冒尖不该被偏见一概否定。

怀才可能不遇,知遇必然感恩;
恃才不可傲物,傲物必然骄纵。

爱才者无不惜才,
惜才者不该宠才,
宠才者必然毁才。

为成才要自加压力,但成才后切勿孤芳自赏;
为成功要自强不息,但成功后切勿夜郎自大。

人有才气还不够,还要有才智,方可有所作为;
人有才能还不够,还应有才略,方可大有作为。

精神家园

只有变成文字的思想
才会远行
只有传播思想的精神
才会不朽

只有变成文字的思想，才会远行；
只有传播思想的精神，才会不朽。

思想闪光，是心灵辉煌的殿堂；
精神不朽，是生命屹立的丰碑。

只要思想远行，人生便不会沉寂；
只要精神屹立，生命便不会沉溺。

思想是力量，精神是财富。故拥有思想，并一路远行的，才是精神真正的富有。

不是所有的语言都会成为文字，也不是所有的文字都可以成为思想；相反，而只要是真正的思想，无论是语言还是文字，都会是精神和力量。

卓越的思想，必须用优秀的文字传播；
伟大的精神，必须用高尚的灵魂讴歌。

无论思想，还是精神：
同心才能同向，同行才会同往；

同道才能同谋,同赏才会同享。

思想是什么?
有人说,是醒着的灵魂;
有人说,是站立的精神。

我的思想,所以渴望远行——
既是为了难忘初始的出行;
更是为了不负曾经的前行。

知识成为智识,知识才会成为力量;
智识成为智慧,智识才会成为思想。

不甘心,作为一种精神,值得敬重;
不安分,作为一种习性,需要修养。

不服输,作为一种心气,值得学习;
有恒心,作为一种心志,值得敬佩。

志者在成长的挫折和痛苦中,虽渴望抚慰和体恤,但拒绝怜悯和同情。

想成事，有时好事多磨，靠的是坚忍不拔的精神；

想成器，有的大器晚成，凭得是坚持不懈的品行。

苦难考验的是人的意志，
灾难考验的是人的信念，
危难考验的是人的精神。

坚守的信念，一经成为执着的追求；远行的思想，一旦成伟大的精神，便可挑战和改变命运，无论有多少坎坷和曲折。

胸怀远大的目标，必须有坚定不移的信念；
实现宏伟的目标，离不开坚忍不拔的精神。

人贫困时，灵魂的贫贱更可怕；
人富足后，精神的富有更可贵。

“韧”是“忍”的极致境界，它既是一种力量，更是一种精神。

生命真正的富有,并不在于物质方面曾经拥有什么和拥有多少,而是重在精神层面最终悟出什么和悟得多少。

无敌和无畏,作为一种精神,彼此形影不离;
无奈和无聊,作为一种情绪,相互如影随形。

真理的特点之一是:从不伪装,决不掩饰,更不会沿街叫卖。

真理被反对,越反对则越有威力;
真理被诋毁,越诋毁则越显光辉。

真话难说,难说也得说,因为假话骗人;
真理难求,难求也得求,因为谬误害人。

哲人说:有理走遍天下,无理寸步难行——这既是真理的力量,更是真理的魅力。

有一条真理是:人算不如天算;换句话说则是:人再会算计,也绝对算不过天机。

能逢凶化吉,有时是智者所为;能化险为夷,有时是勇者所为。由此,不难得出结论:真正的英雄,必然是智勇双全。

有一类英雄是从惨重的失败中站起后,仍能继续在坷坎路上奋力拼搏并最终赢得成功的强者。

榜样,是一面旗帜;
英雄,是一座丰碑。
我们敬重榜样,要崇尚他们的精神和品格;
我们敬畏英雄,要崇拜他们的生死和不朽。

英雄和榜样,是心中的雕像;
精神和思想,是灵魂的脊梁。

真榜样,从不装模作样;
好榜样,决不自我标榜。

把眼睛擦亮的是心灵，
让心灵敞亮的是思想，
使思想闪亮的是信仰。

理想，是生命的信仰；
追求，是生命的向往 ；
奉献，是生命的崇尚。

追求作为一种信念，目标必须准确定位；
拼搏作为一种精神，方向始终不能错位。

理想有大有小，但绝不是越大越好；
目标有远有近，但绝不是越远越好。

崇高的信仰，被崇敬者景仰；
忠诚的信念，被忠实者瞻念。

信念在心中，逆境逆袭时才觉信心百倍；
风景在路上，远足远行后才见风光无限。

偶尔汉息不能说是悲戚，一时悲观不能视为颓废，只要信念依旧，只要追求不懈，乐观其实就在身后，并可能随时转身。

人生，一时缺失信心并不可怕，怕的是对信念的一再怀疑，特别是对信仰的最后颠覆。

人生，意志坚定的，追求和信念一同上路；
生命，毅力顽强的，拼搏与奉献携手同行。

对信仰，有时坚信还不够，必须坚定；
对追求，有时坚持还不够，必须坚守。

信念对信仰说：我在你的心头；
追求对祈求说：我是你的奔头。

追求上路，一路前行：
有信心，才有希望；
不灰心，就不失望；
不死心，从不绝望。

追求，让我们热爱生活；

拼搏，让我们珍惜人生；
奉献，让我们敬畏生命。

追求，坚持需要毅力；
挑战，改变需要勇气；
超越，创新需要智慧。

追求作为一种信念，在拼搏的峥嵘岁月里一往无前；

拼搏作为一种精神，在追求的风雨征途上勇往直前。

志向，只要自我不背弃，就不会被他人厌弃；
追求，只要自我不放弃，就不会被他人鄙弃。

目标一经确定，真正的追求者，出发时的心态坦然最好，抵达后的心境释然最好。

觉悟是什么？
追求时是敢为，因为理想远大；
奉献时是甘为，因为信念坚定。

你的追求有我相随，
我的拼搏有你相伴，
奉献让你我在一条路上同行。

命运怎样，要看你如何上路；
运气如何，要看你怎样前行。

坐等只能坐视，故永远不可能看到希望，而希望只会和追求者一路同行。

只有善疑和慎行者，信念和追求一旦坚定后则变得更加执着和义无反顾。

无愧地追求过，无畏地拼搏过，无憾地奉献过——人生如此足矣！

为理想，让志气插上翅膀，高翔才会沐浴阳光；
为追求，让意气扬起征帆，远航才会乘风破浪。

钱少的时候，没有追求不对，而一味奢求则错；

钱多的时候，不弃奢求是错，奢侈则错上加错。

有志向的人，喜好学习格言，并乐此不疲；
有作为的人，注重践行诺言，并初心不改。

俗话说，万事开头难，而当有时又不得不从头再来时，则难上加难。故迎难而上和知难而进，便成了人生历练和事业成功的庄严命题。

更多的时候，人们只相信能力，而不轻信威力，但当执着的努力达到一定状况和境界后，能力便瞬间显现为威力。

自强者自信，信心十足，岂会半信半疑；
坚强者坚信，信心百倍，岂会将信将疑。

自信但不自命不凡，才会不骄不躁；
自强但不自鸣得意，才会不屈不挠。

人若自尊，是人格的尊贵，令人钦佩；
人若自强，是人性的强悍，令人崇尚。

困难各有各的难处，要想克服，必须认真面对才行；

困境各是各的境况，要想挣脱，必须较真挑战才行。

承命而能不辱使命，便是一种担当；

刚强而能刚直不阿，便是一种血性。

弱者认命，愚者信命，而志者从不听命，强者则勇于挑战命运。

想依赖运气改变命运的，是人品生性的懦弱；

能抓住机遇改写命运的，是人格秉性的坚定。

好强者好胜，难的是自强不息；

逞强者逞能，怕是的外强中干。

强势，首先要有心志的强大，然后才是力量的强劲。

挑战和改变命运的魄力，既要有遇大事时以变应变的能力，又要有遇难事后处变不惊的定力。

越战越勇的是英勇，故勇往直前；
越挫越勇的是奋勇，故勇猛顽强。

志者能吃苦、能受累，所以把苦累总是担在肩上；
强者不服输、不怕输，因为把输赢早已置之度外。

化解伤悲和治疗伤痛的最好办法是：化悲痛为力量！

压力再大，如果不甘示弱，说明还有自信；
阻力再大，如若绝不言败，说明还有信心。

如果说勇往直前和义无反顾是无畏，那么破釜沉舟和赴汤蹈火则是大无畏。

才干、才气、才情，三才兼备者，方为全才；

骨气、义气、血气，三气兼具者，方为正气。

何谓坚定，就是面对困难却勇于担当；
何谓顽强，就是身陷困境却敢于挑战。

人生有志，必然充满希望，而从不奢望；
生命有为，虽然曾有失望，但从不绝望。

要想有生机，就得有生气，还应有契机；
要想有志趣，就得有志向，还应有情趣。

创造要超越的第一道障碍是模仿，尤其是自我的模仿；

创新要跨越的最后一道障碍是迷信，尤其是对权威的迷信。

宿命原本都是天意，命运靠的是自己；前者是求不来的，后者是等不来的。

幸运，不轻信甜言；
厄运，不同情眼泪；

命运，只诚服实力。

只有像奢望财富那样渴望读书，人生才会变得充实而富有。

人生离不开阅读，但可贵之处在于能把阅读变成“悦读”，能让阅读的习惯成为“悦读”的嗜好。

古人云：“为善最乐，读书更佳。”如果能由善读而善为可谓最佳。

真正的爱书人一定读书，是书的知音；
真正的读书人一定用书，是书的知己。

阅读，作为一种习惯，“要读书”当然重要；
悦读，作为一种嗜好，“会读书”更为关键。

开卷有益，但厌读者觉日长，乐读者觉日短，而嗜读者不舍昼夜。

少年读书，无忧即是真乐趣；

中年读书,无愧即是真有为;
老年读书,无憾即是真福气。

乐读,书可以增长人的智识;
嗜读,书可以提升人的智力。

嗜读而优者,必厚积薄发;
久思而奇者,当深入浅出。

闲读,如花前流连,月下漫步,其轻松自然,看似闲适,却常常有意外的惊喜和妙悟。

成语曰:源远流长。
故好读书,不分四季;
而读好书,要用毕生。

书香四溢,铺满案头,洒向窗外;
心香一瓣,飘过昼夜,穿越四季。

真知灼见,除了读万卷书,还得行万里路;
远见卓识,除了深思熟虑,还得集思广益。

阅读经典,有时随性,由于性情不同,故感悟亦有不同;

欣赏美文,有时随兴,由于兴致不同,故感受亦有不同。

书是钥匙,亦是窗口。

故悟读的境界:

从平实中发现真,

从平淡中发现善,

从平凡中发现美。

如果书是阳光,它带给人的是希望;

如果书是营养,它带给人的是健康;

如果书是肩膀,它带给人的是成长;

如果书是海洋,它带给人的是力量。

要使一个空虚的人充实,书籍是开阔视野的窗户;

要使一个无聊的人有为,书籍是向上攀登的阶梯。

阅读经典，既是心灵的愉悦，也是思想的充实，更是精神的富有；

欣赏美文，既是播种，也是耕耘，更是收获。

读经典，思我所思，故受益匪浅；

赏美文，爱我所爱，故乐此不疲。

人间诸事可忘，难忘者经典美文；

世事千般易淡，未谈者书馨墨香。

经典似处处风光，怎么赏也赏不够；

美文如道道风景，怎么看也看不尽。

美食养胃，人皆好之；

美景养眼，人皆赏之；

美文养心，人皆悦之。

读书有苦有乐，亦苦亦乐，或先苦后乐而其乐无穷，或乐在苦中而其乐融融。

真正的悦读，或案头钻研，或窗前闲览，或枕边随翻，无不乐在其中。

爱读书更会读书，书读到最后，最佳的境界是心灵在字里行间的漫步和游走。

与“两耳不闻窗外事，一心只读圣贤书”的境况相比，“国事、家事、天下事，事事关心；风声、雨声、读书声，声声入耳”的境界似觉更佳。

美好的人生，其中有一种是书味人生。而所谓书味人生，即书香人生，而且书香即心香，心香即幽香，幽香即远香。

书味人生，蠹鱼情深。
故读有字书，随读随思，每悟每得；
而读无字书，见所未见，闻所未闻。

读书的讲究之一是背诵，这是多读的基本功，当然也是熟读的硬功夫，故有时非苦读而不能为之，有时又非乐读而不能为之。

多读书也好，读书多也好，一是指遍读天下有益书，二是说好书不厌百回读。

读书，讲究有法而无定法。所以，无论翻还是看，无论品还是啃，无论诵还是背，无论思还是悟……各是各的意味，各有各的意韵，其中妙趣，读者自知。

古语云：学而不思则罔，思而不学则怠。故读书，要多思、深思、慎思。因为，思考是心灵的翅膀，思想是智慧的光芒。

读书有为人生，有的盛年写“新”立言，有的老来注“古”遗训，如若二者皆有建树，可谓济世双功。

孟子曰：“尽信书，则不如无书。”故读书既要敢疑，疑则释惑，又要善疑，疑则得悟。

杂家读书的特点是：多而博杂，杂而鲜活，活而融通。所以,写起文章来左右逢源,得心应手,无需雕饰,妙趣横生。

一般而言,读书是为了求知,求知是为了增智,增智是为了得悟。

多读书方可益智,
多益智方可悟道,
多悟道方可谈禅。

久读诗文者,善解天机;
喜作书画者,善得天趣。

读书之道有三:曰学、曰思、曰悟——其学为始,其思为继,其悟为终。

春宜游园赏花,
夏宜穿林听鸟,
秋宜品茶谈禅,
冬宜酌酒赋诗。

一般爱书如痴的人,买书也成瘾。其表现大体为:一走进书店,便两眼发亮;一发现好书,便心跳加速;当把书买下,便如拥红颜。

有时想了解一个人的志趣和修为,不妨置身他的书斋。因为,作为阅读、思考、写作其间的书斋,是每个爱书人灵魂的憩园、精神的巢穴和生命的禅房。

收藏,在所有的爱好中,不能说最好,可以说很好;而藏书,在收藏中又可以说,是很好中的更好。

藏书为读,是藏书的至境;
读书为用,是读书的化境。

爱书,只要情有独钟,情真意切;
搜书,方可遍访广求,远访近淘。

读书有道:其一,多读不仅是熏陶,更是陶冶;其二,悟读不仅是修养,更是涵养。故古诗有云:"腹有诗书气自华"。

思露花语

在爱书人的心灵境界中，书籍不仅是一种物质财富，更是一种精神富有——精神家园、精神世界和精神支柱。

后　　记

2013 年元月，我的随想文集八卷本《一个思想者的远行》出版，在书的《后记》曾写下这样的话："回首过往，如果说第一本随想的出版为我开启了一扇门，那么之后陆续出版的六本随想就是一条路。所以，我将继续写我喜欢的文字，让思想沐浴日月，穿越四季，一路远行。"这些话，就当时的心境而言，可以说既是对自己的勉励，同时也是对广大读者的承诺。所以，作为一种兑现，2015 年元月出版了我的又一本新的随想文集《若有所思》，其内容是为《北方新报》两年零七个月所写专栏文章"所思录"的结集。当时，在书的《跋语》中又写下这样的文字："这次，《若有所思》一书的出版，可以视为我馈赠给广大读者既能'随读'、又可'随想'的一份厚礼，并希望能与广大读者一路同行，并每读而时有所思，每思而或有所悟……”。此后，从2015年元月始，我又为《北方新报》撰写有关随想新的专栏“思露花语”，至今已整整写了两年零九个月，于是又抽暇编辑整理出新的随想文集书稿《思露花语》，全书内容共七个章节，即关于自然、心灵、人生、修养、道德、哲理、精神几个方面的所思悟语。当然，一如既往，作为一个思想者，在前行的路上，有关思想的思辨仍然是全书内容的灵魂，而一些有关思想和思辨的悟语也多有涉及，如：

没有比想象更浪漫的感受了，故诗人常沉醉其中；

没有比思索更美妙的享受了，故哲人常沉涵其中。

思有所想是智，想有所思是觉——

思和想，有时是彼此的观照，有时是相互的启悟。

思索是心灵的烛照，故思索使人格完善；

思想是灵魂的向导，故思想使人性完美。

一个有思想的人，才会有思路；
一个有思路的人，才会有出路；
一个有出路的人，才会有出息。

思想是心灵感悟的鲜花，
精神是灵魂智觉的硕果。

至于《思露花语》一书编辑之始，我心中想到的出版意向首选自然还是内蒙古人民出版社，这其中的重要原因之一是：《思露花语》随想文集在我的心目中，无疑是《若有所思》随想文集的延续和接力，当然也是一个思想者远行新的路标和里程。所以，这里我要再次感谢内蒙古人民出版社的赏识和力荐，特别是作为内蒙古自治区成立70周年的一份厚礼献上，更属难能可贵；当然，还要再次感谢王世喜主任为我的新书做责任编辑，既给予热忱关注，更无私倾情付出。与此同时，要特别感谢的还有资深记者兼作家、藏书家张阿泉。书友阿泉先后已经为我的随想文集三次作序，这是第四次，足见情真意切和情深意厚。其中，第一次“序”的题目是：《随想体文字的生动处一是在“随”，一是在

“想”》;第二次“序”的题目是:《短语寥寥胜过大论喧喧》;第三次“序”的题目是:《把短语进行到底》;这次“序”的题目是:《短语写作中的“细微派”》。其中,在第三次的“序”中,书友阿泉写道:“可以预见,擅于‘舍长求短’‘以少胜多’的巴特尔先生,今后一定会‘把短语进行到底’。”这无疑是又一次真诚的激励和深情的期望。而这次,在“序”中书友阿泉进一步写道:“可以说,巴特尔先生是短语写作中的‘细微派’,心细如丝,明察秋毫,惯于在幽微处探险、发力,做到了‘一枝一叶总关情’‘半片花上说人情’,譬如‘自然’一辑中的‘比海风更遥远,比梦幻更真实,征帆就是彼岸’‘人生’一辑中的‘生命的尊严,不在别人口是心非的敬畏里,而是在心口如一的自尊里’……这些俨然‘相见无杂言,但道桑麻长’一类的家常话,把一些耳熟能详的老道理阐发得耳目一新,把极容易模糊的细节进行放大处理,令人豁然顿悟乃至超然物外。”品读之后,我深感这些话是书友阿泉又站在一个全新的角度审视,对我的随想文字的思想性和艺术性的再次精细和入微的剖析。故此,令我感到欣慰的是,《思露花语》一书的出版不负众望,再次见证了一个思想者在远行探索的路上的坚持和不舍，当然路还在路上，梦还在梦中，只有继续一路前行，才会真正实现“把短语进行到底”的美梦！

最后，关于书名，其“思”如滴露，“语”如片花，故名之《思露花语》，其特点仍不失精短细微，“思”即游思，“语”即悟语，愿广大读者青睐，继续给予更多关爱和更大支持！

2017年9月19日初稿，9月29日
定稿于秋实斋